OS PIORES DIAS DE MINHA VIDA FORAM TODOS

EVANDRO AFFONSO FERREIRA

OS PIORES DIAS DE MINHA VIDA FORAM TODOS

1ª edição

EDITORA RECORD
RIO DE JANEIRO • SÃO PAULO
2014

CIP-BRASIL. CATALOGAÇÃO NA PUBLICAÇÃO
SINDICATO NACIONAL DOS EDITORES DE LIVROS, RJ

F44p   Ferreira, Evandro Affonso, 1945-
        Os piores dias de minha vida foram todos / Evandro
        Affonso Ferreira. – 1ª ed. – Rio de Janeiro: Record, 2014.

        ISBN 978-85-01-06552-0

        1. Romance brasileiro. I. Título.

14-14836
                                        CDD: 869.93
                                        CDU: 821.134.3(81)-3

Copyright © Evandro Affonso Ferreira, 2014

Capa: Frede Tizzot

Texto revisado segundo o novo Acordo Ortográfico da Língua Portuguesa.

Direitos exclusivos desta edição reservados pela
EDITORA RECORD LTDA.
Rua Argentina, 171 – 20921-380 – Rio de Janeiro, RJ – Tel.: 2585-2000

Impresso no Brasil

ISBN 978-85-01-06552-0

Seja um leitor preferencial Record.
Cadastre-se e receba informações sobre
nossos lançamentos e nossas promoções.

Atendimento e venda direta ao leitor:
mdireto@record.com.br ou (21) 2585-2002.

EDITORA AFILIADA

Saber morrer é a maior façanha.

Antonio Vieira

Obrigado, querido Célio Benevides, pela sugestão.

Para meus irmãos Dorinha, Gilberto e
Rachel (in memoriam)

Venha, luminosa Antígona, seja minha carpideira: também estou sendo enterrada viva.

Vítima de algoz possivelmente da mesma genealogia do rei tebano, caminho lentamente para o ocaso, submergindo-me nas areias movediças do desespero, do desencanto. Medo, muito medo. Só é possível conhecer a si mesmo em absoluto diante do patíbulo. Esperar o ápice da obscuridade, a morte, é a mais profunda das agonias. Os minutos neste quarto fúnebre transformam-se numa odisseia assombrosa, num solipsismo mórbido. Vítima da melancolia e da tristeza e do desengano predeterminados por essas figuras que caminham nas sombras, as Erínias, vou aos poucos sendo abandonada por mim mesma. Subjugada pela proliferação celular anárquica, incessante, que lança mão de sua competência para tornar cada vez mais movediço o tempo que me resta, deponho minha renúncia nas mãos da lassidão, abstendo-me de entoar cantos lamentosos a Asclépio. Vírus semelhantes àqueles cavalos alados mitológicos que não conhecem a fadiga executam ação ofensiva ininterrupta com seus obuses implacáveis, numa desmesura exaustiva, assombrosa. Não há jejuns nem votos nem preces nem procissões nem missas suficientes para combater a virulência desses agentes infecciosos diminutos — entidades do descalabro. Inútil tentar elevar-me às grandes dignidades, enfrentar ataques agressivos, diabólicos, com bonomia e resignação. As Parcas são soberanas absolutas cuja obstinação se regenera a cada instante: não se cansam de reger nosso destino. Inútil negar, esperança se desvanece em toda a sua inteireza, naufraga sem possibilidade de resgate. Desalento deixa-me subserviente aos próprios reveses. Íxion feminino, presa a uma roda de perdas que gira sem parar. Nem Tirésias nem os arúspices assírios ou caldeus ou etruscos poderiam prever desfecho tão funesto. Fui jogada num reino personalizado de punição. Estou perdendo de vez o thumos, o sopro final. Encaminho-me para a morte desgraçadamente só à semelhança dela filha-irmã de Édipo. Não invoco álibis para a própria descrença. Palavras nascem dispersas, isoladas umas das outras, refutando a frase. Muito antes de entrar neste lugar em que é impossível roçar até mesmo obliquamente a esperança, já estava perdendo aos poucos a noção de escrupulosidade, a inteireza moral, a por assim dizer delicadeza de sentimentos; já não conseguia adequar atos a palavras; andava propensa ao radicalismo, já não tinha atilamento acuidade critério para estabelecer diferença entre o bom e o ruim, para conservar equilíbrio sobre essa linha tênue entre não hipocrisia e preconceito, entre ajuizamento ponderoso e censura. Perdi o vislumbre da disposição de reconhecer igualmente o direito de cada um; arredia, não estava preocupada em atormentar o próximo — queria distância de todos. Quando estou desabando nele meu próprio vazio, quando os momentos se tornam ainda mais desolados, rendo-me aos sonhos, entrego-me ao devaneio, desvencilho-me imaginosa destas amarras intensivistas, caminhando nua pelas ruas à semelhança dela Hipárquia — tentando possivelmente iludir a verdade oprimida pelo turvejar da desesperança e suas incansáveis eflorescências. Jeito simulado de buscar enfraquecer o vento, apaziguar as ondas feito ele fogo de santelmo, possivelmente para enganar o paroxismo da solidão — momentos ficam menos áridos, instantes menos sombrios —, para talvez resistir resignada aos torniquetes asfixiantes da sorte contrária. Estou na Catedral da Sé. Aprecio afrescos e vitrais e iluminuras e objetos litúrgicos, procuro por meio da arte uma transcendência mística; a reza me constrange, acho que devo esperar a morte sem ritos sacramentais — impossível repeli-la burlando tributo exigido por Cronos. Nada me desperta o fervor da devoção. Deveria acreditar em Deus por causa da arrogância dos cientistas. Agora aqui, neste quarto onde não há nenhum guardião dos meus gritos noturnos; onde a morte me espreita ao pé da cama. Lugar inacessível às metáforas, onde é impossível manipular a sintaxe. Digo-repito: antes de entrar neste lugar sombrio cujo desalento antecede o luto, já olhava a todos de esconso; quase tudo era fonte de dissabores — nunca me afinei pelo diapasão do aprazimento. Não estreitava relações com nada-ninguém, conservando-me na obscuridade. Sei que os piores dias de minha vida foram todos. Esborralhas congênitas: dentes ainda na juvenescência saíram dos quícios dos eixos; apodrecimento precoce — perdi o riso. Quem é feito eu naturalmente desemparelhada de benefícios se espavorece diante da bem-aventurança, desacolhe de pronto o propício. Não é por obra do acaso que agora não abro mão de minha andança imaginária, mesmo sabendo ser contrário à razão colocar-me num ângulo privilegiado de onde seria possível flertar com a esperança. Estou na Rua São Bento. Caminha a meu lado homem maltrapilho. Frases desemparelhadas, olhar famulento, gestos desassociados; pessoa vesânica in totum; não teve tempo próprio para praticar abstração; miséria loucura solidão. Desventura tríplice desse naipe quando se acomoda estilhaça a alma. Olha alucinado para moça aqui do meu lado. Diz: *Seu cabelo não está bonito, mas o importante é o coração — seu coração está bonito*? Modo geral, deliberadamente distantes, todos desviam os olhos, não para acusar à semelhança dele Nietzsche, mas para ignorar. Agora aqui, refém de entidades demoníacas, dogmáticas, obstinadamente coerentes na prática de assanhar desgraças, objetivas em seus empreendimentos nefastos, suas maldades peremptórias. Conseguiram me jogar no umbral da desesperança absoluta. Enquanto o desespero não se consuma eo ipso — através de si mesmo; enquanto não vem minha conflagração final; enquanto tudo em mim não se transforma em vapor incandescente; enquanto não chega o instante definitivo, quando ficarei diante da ruína e do escárnio da morte; enquanto essas entidades não decidem finalmente me restituir ao deus do mundo subterrâneo. Mesmo assim, de sobreaviso contra a autocomiseração, refugio-me no irremediável, guardo em segredo as próprias plangências inúteis afagando o imaginário. Caminho entre as quadras do Cemitério da Consolação, necrópole prestigiosa que ocupa lugar de decisivo relevo na paisagem da cidade; aqui estão encerrados-guardados mortos ilustres, todos vencedores — se assim posso dizer, abrindo mão do sarcasmo; sobrenomes conservados na tradição. Neste lugar martelo questões sobre o fato de existir. Por exemplo, acho que eu não deveria ter havido; não deveria ter sido principiada; meu princípio implacável de justiça comigo mesma me impõe obrigações como dizer alto e bom som que maioria lá fora também é desnecessária, não deveria ter feito sua estreia; seres-teias-de-Penélope; apenas pó e sombra feito eles extintos distintos deste cemitério de primeira plana. Entrei para acender êxtase diante destes sepulcros suntuosos. Impossível não restabelecer na memória certas reflexões sobre as vaidades dos homens; contemporizo as jactâncias contemplando nossas vocações artísticas; bonito este mausoléu aqui em estilo pós-renascentista; pena que reflexo solar atrapalhe vislumbre dos cinco conjuntos estatuários de bronze que ficam no topo; obras quase todas de renomados escultores; esta Pietà é a mais importante de todas: premiada no Salão de Outono de Paris em 1923, diz a placa. Inclino-me diante deste Orfeu tangendo sua lira tentando em vão trazer Eurídice de volta — obra magnífica. Impossível andar em bolandas por estas quadras sombrias sem relampejar na memória filósofo obscuro para quem as almas farejam no invisível. A morte é a plenitude das perdas, remate deles nossos fiascos. Fico entorpecida de medo, mas deixo correr à revelia; não tomo em consideração a entre aspas substancialidade dela. Sei que essa entidade indelineável tem capacitação para suprimir de vez minhas derrocadas. De repente me removo imaginosa para a própria infância. Recordar numa tentativa inútil de reatar fios partidos. Quintal de chão de terra batida, fartura de mangas apodrecendo ao redor dos troncos das mangueiras. Nunca mais vi de perto árvores iguais àquelas tão carregadas de frutos. Criatura predeterminada a derrocadas feito eu não deveria ter ultrapassado as raias da infância. Quase sepulcro de mim mesma, deixo imaginação escapar-se pelas frestas da porta deste quarto fúnebre; meu talismã é o desvario de imaginar-me caminhando nua pelas ruas da cidade — possivelmente para não ficar procurando sintomas ou indícios ou signos; para não detectar as malvadezas desses ataques cancerogênicos objetivos, implacáveis, que não se insinuam por vias oblíquas; para jogar facho de luz imaginário nele meu ocaso; para deixar-me sair ilusória deste lugar em que é impossível não ser cooptada pelo desalento. Morte quando se avizinha desestimula de vez o alvoroço de esperança, mesmo sabendo que ainda existe dentro de mim pequeno sopro exalando-se dela. Estou numa calçada da Avenida Paulista. Caminho ao lado de três executivos sem me preocupar com a decifração do hieróglifo verbal, o dialeto sobrepujante deles: *Encontrar soluções pragmáticas; enfatizar principalmente a capacidade o desempenho o caráter pessoal para que cada um possa dar o melhor de si.* Somos de natureza atoleimada, relegamos o silêncio ao plano das coisas inúteis; não sabemos que olhares incisivos e sorrisos desartificiosos substituem satisfatoriamente diálogos supérfluos; desconsideramos o gesto a mímica o meneio; carecemos da verbosidade. Mas gosto de ouvir o dialeto dos sobrepujantes, de ficar bisbilhotando os que excederam a expectativa os predominantes os triunfadores. Viver é triunfar — não há espaço para náufragos. Agora leio ali na parede que ENQUANTO TE EXPLORAM VOCÊ GRITA GOL. Discordância dupla — dentro e fora da frase. Agora aqui, hóspede involuntária de Perséfone no mundo noturno, dores me arrastam para as trevas; neste quarto fúnebre, lugar em que o terror se precipita amiúde; onde tudo foi provavelmente pensado no sentido de determinar para sempre o contorno da desesperança; onde se proclama em silêncio o reinado do Tédio. Quem diz que criticar os deuses é arte abominável desconhece as deusas desconcertantes da derrocada in totum. Ao contrário de Ivan Karamázov, não tenho Deus para devolver meu bilhete de entrada — sei que as Erínias também estão emboscadas à minha espera para me jogar possivelmente no abismo do nada. Num esforço de imaginação vejo-me caminhando pelas ruas, mesmo sabendo que é impossível eu me esconder desse arsenal infinito de possibilidades deletérias apagando meus próprios rastros; consciente da inutilidade de procurar entender o pathos dessa obsessiva persistência nefasta. Caminho para me esquivar dos momentos anódinos, apagados, do inexorável fastio provocado pelas quatro paredes deste quarto fúnebre, lugar em que não há esperança de transformar precipícios em planícies. Caminho fantasiosa imaginando-me a escapar de Arimã, a escuridão. É difícil esperar a morte sem rodeios nem disfarces à semelhança dele Ivan Ilitch. Agora estou sobre Viaduto do Chá contemplando bandeira nacional agigantada descomunal tremulando num mastro monumentoso. Impossível não fazer reparo, principalmente nesta manhã ventanejante — espetáculo plasticamente enternecedor. Mas nunca revelei amor à pátria coisa nenhuma — ser-despatriótico. É bom esse caminhar imaginativo; experimento prazer nele meu próprio ocultamento; criatura opaca, imperceptível.

Agora ouço homem engravatado dizendo para suposto cliente ali na loja de automóveis que controle de qualidade é fundamental. Quem fabricou ser humano não consagrou atenção a essa particularidade.

Antígona? Transgredindo leis reais, aventurou-se, tentou inútil enterrar o próprio irmão espalhando poeira macia sobre seu corpo dilacerado, condenado a decompor-se em praça pública, devorado pelos cães, pelas aves de rapina. Sófocles, evitando interpor-se, deixou Creonte exercer cruéis instintos de ferocidade contra a própria sobrinha, que em nenhum momento ficou dividida quanto às antinomias entre lei humana e lei divina. Sabia que nada iguala a glória de uma bela morte.

Eu? Vida toda tenebricosa; feixe de luz solar nunca nele meu caminho; trajetória sempre nevoenta. Também aprendi com o tempo à semelhança dele Lucrécio a arte de desprezar as ações humanas. Aos quinze anos recebo notícia funesta: carro derrapou pista escorregadia família inteira pai mãe dois filhos despenhadeiro abaixo — perdi primeiro namorado. Sei que é preciso abstrair para não ser desorganizada pelo inexorável; a abstração é força repulsiva à loucura. O destrambelho é às vezes abrupto chega num átimo não predetermina. Quem vive lado a lado com o infortúnio, aquele cujo acaso já lavrou sentença condenatória, mais dia menos dia ganha destreza, revela certa aptidão para entorpecer as inevitáveis lancetadas do destino. Corpo tempo todo indo pelas vertentes íngremes; mês e pouco me escarapelando, entrando em peleja com eles vírus malditos, como naquelas batalhas do épico Mahabharata em que até as plantas tremem de medo. Invento caminhadas, possivelmente para juntar pedaços desconjuntados de mim mesma; possivelmente para tentar inútil fugir deste silêncio evocador dos mortos. Ouço gemido lancinante dela senhora saindo ali do Pronto-Socorro; rosto macilento, solta gritos descompassados; recosta-se ao muro; ranger de dentes; prorrompe-se em choros; costas escorchando lentamente a parede. Pronto: desaba de vez. Possivelmente perdeu parente para sempre. O homem morre tantas vezes quantas vezes perde os seus, disse o poeta. Ninguém faz reparo, crava os olhos nela pobre-diaba; povaréu andando sempre num corrupio tem mais tempo jeito nenhum para miudezas emocionais. Cidade atafulhada de seres-desarranjos, atulhada também de novas alternativas pastorais. Faixa central ali proclama cruzada profética; outra mais tímida, também convocatória, persuade devotos da importância compartilhadora dela corrente forte das treze preces poderosas. Que cada qual decifre suas próprias charadas desmate seus próprios atalhos. Panfleto insólito este aqui afixado no poste: TRAGO SEU AMOR DE VOLTA EM 48 HORAS. Cartomante não deixa menor traço de hesitação afirmando que caso se torne frouxa no cumprimento de seus deveres devolverá os honorários. Ser indúbio. Mundo pertence àqueles que persuadem — já não há tempo para conjeturas suposições hipóteses. Agora aqui, desguarnecida de consolo, neste lugar em que a desesperança se robustece amiúde; vivendo às escuras, eclipse interminável; onde o desapego à existência se torna irremediável. Nada-ninguém ser miraculoso algum poderá interceder por mim. Vida foi me acuando aos poucos contra o beco sem saída da solidão inexorável. Mas não vou mandar açoitar o mar com correntes feito ele Xerxes rei da Pérsia. Apenas regateio dores com a imaginação para fugir deste templo do niilismo in totum, onde a esperança se dissolve no vazio absoluto, lugar em que tudo cai na órbita de gravitação do desalento. Sei que apascento o desespero ampliando a imaginação. Agora aqui, nua neste banco da Praça General Osório esquivando-me daquele quarto fúnebre claustro-confirmação dele meu malogro. Nunca entendi direito a digamos pirotecnia deles chafarizes. Tal plasticidade sonolenta pelo visto encanta apenas os pombos; maioria deles frequentadores fica sentada de costas num solene desprezo; água sobe-desce dia todo repisando mesma monótona cantilena — inutilidade dela minha vida é ainda maior, sou chafariz sem água, andarilha invisível cujos passos-bumerangue me trazem sempre de volta ao nada. Número cada vez maior de gente revirando lixeira;

seres-sobras; gente-escorralho. Doloroso demais destino manejar nosso leme regular nossa marcha na direção das coisas restantes. Agora entendo real significado das expressões *encravar no lodo, rebolear-se na lama*. Deuses da Equidade deveriam estabelecer limite para a degradação. Agora aqui, vivendo horas esmirradas, momentos vazios de significação neste quarto onde a esperança se atrofia de vez: sei que daqui a pouco estarei nos braços dele Odhin-Wodan, deus dos mortos; reduzida a uma coluna de pó semelhante àquela girando à volta de Polinices; solidão e vírus engendrando o desalento que se substancia a cada instante. Sei que estou neste espaço onde desesperança cresce, irredutível, hostil; lugar em que me obstino na descrença; onde não há espaço para o inesperado. Crusoé às avessas, não aprecio os próprios despojos. Jeito é transcender-me nas andanças imaginárias lançando mão dela minha ubiquidade delirante. Para abafar meus gritos agudos, penetrantes, lanço mão dele meu delirante dom da ubiquidade caminhando nua pelas ruas desta cidade. Homem anômalo passando ali, insólito, tudo nele pactua harmoniza combina uma vestimenta com outra: camisa de seda lilás calça de seda lilás sandálias lilases guarda-chuva lilás — homem-unissonância. Nada em mim vive em conformidade, nada combina comigo, muito menos a bem-aventurança. Agora ouço aqui na calçada rapaz dizendo para suposta namorada que família é mais uma peça que a vida nos prega; é ingenuidade levar em conta sua inabalável estrutura: basta uma vírgula fora de lugar na hora da partilha para ela célula mater se fazer em pedaços, esfacelar-se. Estudante adolescente caminhando aqui atrás diz para suposta amiga que estuda, estuda, estuda, mas nada entra nela sua cachimônia; que não assimila coisa alguma. Mais cedo mais tarde vai perceber também que a vida é um bordão de nós, meada de difícil desenredo; que ninguém encontra solução para esse enigma; que duas três existências seriam insuficientes para dissipar totalmente as trevas da ignorância. Chuva miúda repentina, vou ficar debaixo desta marquise; nunca confiei nesses toldos concretos; ingenuidade: viver já é em si um desabamento.

Homem do outro lado da rua correndo segurando realejo desperta recordações dele miniconto de amigo escritor extinto cuja história termina com narrador dono desse instrumento mecânico movido por manivela dizendo que sorte não andava boa pro lado dele: só naquele mês haviam morrido três periquitos por motivos vários. Falar dele amigo morto é praticar teogonia profana. Costumava dizer que nos momentos de solidão absoluta percebia que não era boa companhia nem para si mesmo. Insubordinado, independente, poderia também ter escrito uma epopeia niilista ou poemas burlescos de intenção satírica. Sempre houve em nós uma inclinação para a tristeza. Maioria das vezes ele amigo escritor extinto me convencia sem nunca querer exercer ascendência, sem ser tortuoso na argumentação. *Honnête homme*. Respeitava minha formação cultural irregular. Nossa amizade era a sagração do desabafo, a certeza do acolhimento. Acho que entrou para a literatura pelo mesmo motivo que Chesterton entrou para a Igreja Católica: para se livrar dos seus pecados Ao lado dele tempo fluía rápido, descomprometido, qualquer tempestade parecia reduzir-se a três, quatro chuviscos. Apesar de ser (como ele mesmo se autoproclamava) ateu como uma alface, conhecia profundamente padre Antonio Vieira — era perceptível estado de exaltação de sua alma quando falava do jesuíta português. Dizia que seus sermões realizam uma extraordinária apologia do homem (mesmo naquilo que aparentemente o limita), no que ele se destina sempre, potencialmente, ao menos, a uma particularíssima união com o divino. Quando eu soube de sua morte, sensação nítida de que todas as palavras haviam caído em desuso. Agora aqui, descendente de Tântalo, neste quarto-desamparo ouvindo o canto terrível das Parcas, vivendo epílogo de vida em declive, diante da impossibilidade absoluta do milagre da ressurreição; onde o desalento já infletiu por todos os cantos do cômodo; neste lugar soturno em que viver é uma arbitrariedade — vez em quando me inquieto com possibilidade de passar por essa experiência íntima subjetiva a que chamamos morte; neste claustro fúnebre onde não há momento para comoções poéticas; lugar em que os desalentos vão se sobrepondo uns aos outros; onde melancolia semeia amargura na alma e se eleva à plenitude da descrença; lugar em que solidão e desencanto sangram pela mesma ferida cancerígena. Vírus desorganizaram meu cosmo particular com suas ardilezas arrebentadiças; parece que vão se revezando numa suserania infinita; tentar impedir sua escalada devastadora seria cometer a mesma insensatez dele Josué que pediu ao Sol que se imobilizasse, detendo o próprio curso. Aqui inexiste qualquer possibilidade, fiapo sequer de algo que seja grande e belo e sublime — até o silêncio é vulgar. Sei que não está nos limites do possível dois anjos me cingirem com um cordão de fogo, tal qual aconteceu em sonho com santo Tomás de Aquino. Jeito é deixar imaginação trabalhar em benefício próprio. Vejo agora dezenas de desempregados sentados nas escadarias do Teatro Municipal — Puccini aquele ali do cartaz fosse vivo certamente tiraria vantagem compondo ópera-exoneratória. Arquitetura externa renascentista. Inaugurado em 1911. Nunca entrei. Moça do guichê comunica orgulhosa a turista que Isadora Duncan e Nijinsky e Toscanini e Caruso e Maria Callas já entraram. Loja dessemelhante esta aqui: papiros prismas velas mandalas incensários cristais baguás aromatizadores; ilusão pensar na existência de petrechos efetuosos para combater a fatalidade; a fatalidade é imperscrutável, vive aninhada entre espessas nuvens. Placa curiosa aquela informando sobre restauração de acordeom. Lotérica do outro lado da rua atafulhada de seres-expectáveis — quem desde sempre feito eu vítima das improbabilidades não tenta fortuna, dissimula repulsa às casualidades da sorte.

Antígona? Para ela, morrer não é sofrer; seria sofrimento, sim, deixar insepulto o próprio irmão. Sabe também que os tiranos dizem-fazem tudo o que bem entendem. Sua morte? Afirmação da vida. Fibras possuídas pelo fogo apolíneo; a mais absoluta de todas as filhas; ave cujo ninho foi destruído. Nunca achou supérfluo ir contra as próprias forças; incapaz de se curvar diante da desgraça; sabe que a lei da morte iguala a todos; juntou à sua desdita a desdita dos que já morreram; encarnação da fatalidade hereditária; dilacerada entre a piedade divina e as leis humanas.

Eu? Neste quarto fúnebre onde os minutos tecem horas insípidas; onde os instantes são inúteis; lugar em que não há possibilidade de salvaguardar-se do esmorecimento; onde não há espaço para trapaças de áugures de naipe nenhum. Morte aproxima-se célere — já traçou em sua legislação implacável para hoje amanhã se tanto o exato momento do meu desfecho in totum; do anúncio do colapso total; é exaustivo esperá-la assim, inanimada, corpo inerte pelo entrançamento de tantos fios. Enquanto isso cultivo imaginosa a arte da flanância, tentativa de me levar para além de mim mesma; de preencher minhas horas ocas: caminhar para me apaziguar. Impassível e entorpecida e alheia ao espanto, nada mais me apanha de rebate. Tornei-me indiferente às surpreendências; vejo televisores ligados em todos os lugares possíveis inimagináveis — restaurantes e lojas e hospitais e farmácias e lavanderias e funerárias — de mútuo acordo com a parvoíce humana. Vivêssemos em tempos pretéritos seríamos todos vulneráveis à sátira litográfica de Daumier. Duas moças me ultrapassam aqui na calçada; uma diz à outra que o namorado e ela estão sendo falsos um com o outro. Sei que a vida é ruim, mas não altera a verdade não se envolve no manto da hipocrisia: avisa-nos ad introitum que termina seu curso deixando-nos na total dependência de Hermes, senhor dos mistérios dos mortos. Vivendo dias esbatidos, pardos, horas ocas, diante da morte e sua ardente vigilância; refém destes vírus malditos que me desterraram de meu hábitat; que fazem delas minhas entranhas alimento aparatoso, progressivo, sem resfôlego; neste lugar em que é impossível não se inclinar para o pessimismo in totum; onde esperança não se assemelha sequer a vento seco do deserto; onde é possível saber em definitivo que os deuses não cuidam de nós; lugar em que já não faz sentido vasculhar o móbil de tanta derrocada. Saudade dele amigo escritor extinto: a seu lado me sentia utopicamente capaz de apreender o sublime e o eterno. Nossa amizade tornava possível ir além das sombras projetadas na parede: um ajudava o outro a sair da caverna. Sem ele dias perderam os liames — fogo consumindo a si próprio, carente de combustível; espantalho inútil em plantação devastada. Nela nossa minúscula confraria nenhum de nós dois nunca soube lidar com dinheiro — carecíamos de um camerlengo. Escritor que sabia transferir para o domínio do conto o ideal do multum in parvo, o muito em pouco do epigrama. Apostava nas palavras: linguagem foi sua obsessão. Nunca procurou conquistar o favor dos leitores. Erudito, traduziu alguns autores direto do grego e do latim. Ovídio foi um deles. Dizia que a *Arte de amar* lhe consolidou em definitivo o prestígio literário; obra escrita em versos de uma graça maliciosa que não teme abeirar-se da obscenidade. A possibilidade de atualizar o riso entre nós era constante. Nossa amizade? Teologia da confraternização. Praticávamos amiúde a arte de polir a transparência. Saudade dilacerada escapa a meu controle: choro. Carranca de proa inútil abandonada à beira do rio à espera de outra embarcação que nunca virá. Não há nada-ninguém capaz de desatar esse nó da ausência perpétua. Qualquer espaço que habitássemos se transformava ato contínuo em região abençoada pelos demiurgos da interlocução. Acreditávamos na natureza essencialmente desinteressada da amizade. Possivelmente está em lugar semelhante àquele sétimo céu de que nos falou Dante: o de Saturno — morada dos espíritos contemplativos. Quando era deflagrada luta armada entre nações, comentava que guerra por guerra preferia a de Troia. Fiel representante da faceirice machadiana. Últimos anos de vida, sempre arredio, isolado: conhecia de perto os rudimentos da vida coletiva. Agora aqui, tormentosa, entre a lembrança do amigo morto e o medo da própria morte; na exclusão absoluta, no torpor dos hábitos, na espera inútil do exército do norte, neste meu deserto que é também dos tártaros. Sei que invento caminhadas para sair deste quarto malcheiroso que exala enxofre, propício às lamúrias ocas, silenciosas; onde prevalecem tédio e entorpecimento alternados; lugar em que a desesperança delibera; onde seria inútil ungir o corpo com essência divina — é voraz a chama de tais vírus irrequietos e turbulentos e malditos que provocam revoltante embrutecimento da alma. Sei que nasci rancorosa feito ele Angioleri, aquele das *Vidas paralelas*. Nunca fui concessiva com a estultícia; olhava a todos de esconso — insensatez sempre teve caráter de generalidade; predominou. Sei que tempo inteiro tresandei semeei ventos colhi tempestades. Vim, vi, perdi. Vida não foi gentil comigo: rudezas a mancheias. Tempo todo desajeitada, inepta para triunfos venturosos. Sempre sob o dominium delas deusas grotescas da derrocada absoluta e de seu desquerer insolente; nunca me esquivei de seus envenenados dardos, nunca estive acima da insolvência. Nunca houve procissão expiatória que desse jeito nele meu rosário de perdas. Deuses do êxito sentiram por mim mesma aversão repugnância que Emma Bovary sentia pelo marido. Cizânia zanga desavença infantil: não entendi direito motivo pelo qual canivete de um fez outro cair a fio comprido na calçada — primeira perda fraterna nele meu currículo-debacle. Sempre fui perseguida pelas Erínias. No transcurso do tempo eles esbulhos criaram corpulência — coração ficou noduloso. Perder é dispor com antecedência do efeito de madurar. Quem perde amiúde torna-se impraticável, fora de questão, cheio de enguiços. Vicissitude em rápida sucessão; analgesia entorpece a possibilidade do contentamento. Adolescente ainda treze catorze se tanto subindo ladeira íngreme ao lado dela; de repente tefe-tefe respiração ofegante, precipitada, últimos arquejos, desfecho fatal neles meus braços — perdi avó materna. Prazer insólito agora neste quarto fúnebre é fazer mentalmente meu inventário das dissoluções. Quem é vítima constante do malogro deixa de ser gente de peleja, perde de vez o gênio intrépido o ânimo a afoiteza. Estou exaurida pelo tédio e pelo desengano. Amigo escritor extinto estivesse aqui diria que vivo período entregue à cegueira do acaso, ao paroxismo cru do infortúnio diabólico. Sei que agora caminho opaca imperceptível oculta; andejo invisível. Gosto de me imaginar parada nua na rua com meu anel imaginário voltado para a palma da mão — apropriando-me da mesma invisibilidade de Giges —, diante de edifícios residenciais vistosos, em profundas cogitações sobre o triunfo venturoso deles moradores; olho jeito nenhum com olhos de inveja; não presto tributo aos prósperos. Sei que viver é triunfar — não há espaço para náufragos; perder é evidenciar provar circunstancialmente a própria incompetência; é subscrever a própria sentença condenatória. Perdedores insuflam desacolhimentos. Bancarrota reiterada mais cedo mais tarde desestimula de vez o alvoroço de esperança. Às vezes penso na possibilidade de haver outro mundo mais justo, no qual malogrados irremitentes encerrem seus dias ganhando prêmio-consolação designado por eles próprios. Minha escolha seria passar longas tardes numa confeitaria, ao lado do redivivo Heráclito, traduzindo cada um deles seus obscuros fragmentos. Escritor italiano que soube falar feito ninguém dela difícil tarefa de viver dizia que há uma coisa mais triste que malograr em nossos ideais: ser bem-sucedido neles. Eu? Neste quarto onde tédio e desengano estão imbricados um no outro; onde é impossível reprimir a angústia. Vítima deste mal-estar perpétuo da desesperança in totum. Vivendo horas entristecidas. Ruína humana, alma tumultuosa. Recordando minhas derrocadas e seus meandros caprichosos — mordo-me de despeito deles lotófagos. Os piores dias de minha vida foram todos. Sei que tempo todo deusas descomedidas da bancarrota cometeram comigo a mesma violência perpetrada contra aquele Bobo do rei Lear: apanha por falar a verdade, por mentir e, algumas vezes, por ficar calado. Agora aqui, neste espaço fúnebre em que nem a solidão admite consolo, deixando-se apenas desdobrar num delírio vertiginoso, quase demiúrgico; lugar em que não há possibilidade de personagem de lenda céltica qualquer provocar intervenções heroicas em meu favor. Jeito é caminhar nua imaginosa pelas ruas da cidade. Estou diante de igreja de estilo romano-bizantino; fachada com traços de arquitetura gótica; demorou vinte anos para ficar pronta; construída em mil oitocentos e setenta. Pronto: começou o tão-babalão; serão oito badaladas ao todo. Gosto do repenique deles sinos. Relampeja incontinente na memória minha primeira idade interiorana. Saudade de minha cidadela-gênese, terra na qual perdi desde cedo crença nele laço conjugal; pais tempo todo rompendo lanças ateando o facho da discórdia; casa-conflagração. Não foi por obra do acaso que vivi amores evanescentes aqui ali e que nada se converteu em substância; perdi já na infância a possibilidade da bem-querença; coração vida toda suscitando embaraços; atravancando in limine a progressão do idílio. Quem é naturalmente desaparelhada de benefícios se espavorece diante da bem-aventurança, desacolhe de pronto o propício. Seja como for, ao contrário de deusas incautas, não trocaria jamais a imortalidade pelo amor de homem nenhum. Vida toda me abstive do entre aspas confronto.

Antígona? Inspiração divina de justiça, pecadora sagrada. Sabe que não enterrar um irmão é impiedade. Vítima de ilegalidade monstruosa, legitima a desobediência, defende incansável o estatuto sagrado dos mortos. Filha de Édipo, aquele cujo sangue maculou Tebas. Sendo o próprio assassino que ele mesmo procurava, precipitou-se no abismo da mais tremenda ignomínia. Senhor supremo, era, ao mesmo tempo, irmão e pai de Antígona — também ela nasceu impossibilitada de dissipar as sombras do terror à sua volta.

Eu? Neste espaço parco desabitado de esperança; nesta região sombria onde me comunico com o desalento in totum; lugar em que ando me escarapelando, entrando em pelejas inúteis com vírus malditos cuja impetuosidade é assustadora; onde o tédio desemboca no desespero. Vida nunca mais amanheceu dentro de mim; vivo às escuras — eclipse possivelmente perpétuo. Degenerescência lenta-gradual. Murchidão e decrepitude; corpo tempo todo indo pelas vertentes íngremes. Jeito é andejar imaginosa, deixar imaginação indo vindo a trouxe-mouxe. Sei que minhas andanças não são como aquela flor do sonho de Coleridge que continuou em sua mão mesmo depois do despertar; faço delas caminhadas imaginárias meu intervalado armistício. Pobre-diabo noutra calçada caminhando descalço aos emboléus gritando fazendo desatinos

— pelo jeito também perdeu tudo inclusive a lucidez o juízo a luz da razão; o acaso já lavrou sentença condenatória dele homem ali desatremado em andrajos carregando cobertor sovado tal qual xale — ser-ectoplasma. Placa aqui na escada diz para utilizar passagem subterrânea; metrópole igual nossa vida: cheiinha assim deles recônditos. Cena chapliniana aquela ali do outro lado: indigente mais cachorro dormindo um aconchegado no outro — quieta nom movere. Seres-escorralhos se multiplicam a flux sob pontes urbanas, ultrapassando barreira da miséria atingindo fronteiras da podridão humana. Mulher bonita vistosa de tailleur caminhando a meu lado aqui na calçada diz para acompanhante engravatado que tem quarenta e seis anos e que todas as coisas que poderia fazer na vida já fez. Difícil traduzir literalmente tal afirmativa — sei que gente-realização-in-totum desse naipe me revela sentimento de inveja. Também sei que tudo é tão fugaz quanto a quentura da pipoca. Senhora elegante refinada sentada naquela bonita confeitaria acaba de jogar sorrateiramente dez quinze envelopes de adoçante bolsa adentro. Cleptomaníaca. Certas anomalias psíquicas projetam luz sobre a patetice humana. Lembrando-me agora de quando ele amigo escritor extinto disse que Byron dividiu a humanidade em entediantes e entediados. Praticava a palavra falada com elegância — o bel parlare. Éramos praticantes convictos do Kalam, a arte de discutir. Eliminamos as ilusões de nossas vidas sempre pequenas. Já possuidores in uterus dele nosso ceticismo, carecemos vida toda de convenientes ilusões sublimes. Nossa amizade era liga de cobre e estanho fazendo-se bronze. Treinávamos o olhar a todo instante para ver o mundo à semelhança de Heráclito. Fiquei desabastecida de diálogo, o afeto perdeu seu significado primitivo. Meu grande-único amigo está morto — Ísis não prolongou sua vida para além do termo fixado pelo destino. Ultrapassou-me em direção à morte; deixou-me de herança solilóquios perpétuos. Sei que sou desprovida de poderes órficos, minhas melodias não fazem regressar os mortos. Nossa amizade era versão mais bem-acabada do parentesco. Sem ele dias se tornaram inamistosos, cântaro vazio. Lobo uivando para lua nenhuma. Sempre saía deles nossos encontros carregando minha solidão com mais altiveza. Escritor munido de anseio inesgotável pela hipnose auditiva do texto, mais que de interesse pela recriação profunda e realista das psicologias, acreditava no poder sugestivo dos sons. Fazia jus ao significado da palavra texto: sabia tecer palavras. Disse-me uma vez: *Personagens dos meus livros de modo geral têm final feliz: eles morrem.* Ambos dotados de espírito predisposto para a implicância. Às vezes lançávamos mão das sutilezas excessivas, das circunlocuções veladas para engrazular interlocutores desagradáveis. Sabíamos também que a maldade se introduziu no mundo junto com a escolha humana. Sei que ao lado dele tudo parecia possível — inclusive pintar o vento. Um possibilitava ao outro amiudadas descidas aos próprios abismos por meio da prática de uma psicanálise lúdica, se assim posso dizer. Nossa amizade era a antítese do enfado; láudano aliviando inquietudes. Momentos dignos. Deixávamos jeito nenhum melancolia, essa coisa que interpõe obstáculo a tudo, imprimir categórica sua inesgotável macambu-zice. Juntos, criávamos atalhos para chegada antecipada ao riso. Longe dele, predestinada a diálogos áridos. Nossa risada nunca teve a mesma falsidade das lágrimas do rato no velório do gato. Disse que nunca havia encontrado jeito pertinente para encaixar em seus textos duas palavras que considerava encantadoras: astracã e maçã. Literatura dele trazia consigo surpresa e reviravolta em relação a personagens e circunstâncias. Outro autor de sua preferência: La Rochefoucauld. A particularidade saborosa de suas máximas, dizia ele, é a criação de um tipo de puzzle que se encobre debaixo de matéria lisa, quase prosaica. Agora aqui, lugar em que não há espaço para arroubos súbitos, neste reverso de bugiale, nesta sala de mentiras às avessas; à deriva, tentando inútil ancorar-me nelas minhas andanças imaginárias. Placa do outro lado da calçada indicando INSTITUTO DE INFECTOLOGIA salva do esquecimento médico amigo de infância dela minha mãe que cortou teia da própria vida vinte anos atrás. História até hoje ultrapassa entendimento; ninguém nunca penetrou aquele mistério. Infectologista vivia desbastando nossa ignorância sobre doenças infecciosas. Conheci jamais alguém mais fatalista — pessimismo científico é o pior dos pessimismos: não permite sofisma metáfora tergiversação nenhuma. *Dentro da nossa cavidade oral existem mais de mil espécies diferentes de bactérias,* dizia sempre, sem abrir mão dele seu sorriso determinista. Acho que foi infectado por um vírus então desconhecido e se matou incontinente. Vítima talvez da inconveniência do conhece-te a ti mesmo. Agora aqui, dias esmirrados, neste leito impregnado de desolação assustadora; onde reina o deus do mundo subterrâneo cujo nome prefiro omitir; onde é impossível não se precipitar no abismo do desconsolo; lugar em que não há a menor possibilidade de se entregar aos devaneios místicos; onde é possível sentir a todo instante o bafo ascoroso dele Hermes Psicopompo, condutor das almas. Jeito é flanar, deambular imaginosa nua pelas ruas desta cidade, igual àquele estrangeiro baudelairiano que ama apenas as nuvens que passam... lá, lá, adiante. Acabo de ouvir mendigo dizendo asseverativo a rapaz que passa de mãos dadas com sua possivelmente namorada: *Ela não gosta de você.* Toda época tem o Tirésias que merece. Cena preocupante aquela ali: três homens lançando-se em empresa arriscada, suspensos por uma corda, cada qual limpando uma janela do vigésimo andar. Agora ouço mendigo debaixo do cobertor gemendo dizendo baixinho lá dentro: *fome fome estou com fome* — se é embuste ele mereceria quatro moedas por representar pungentemente bem seu papel. Sei que plangência dele debaixo da coberta excitou minha compaixão. Sei também que viver é retrilhar as pegadas de Sísifo; tudo mais cedo mais tarde se precipita no não-ter-razão-de-ser; somos condenados a rolar inutilmente ad aeternum enorme rochedo na subida de uma vertente. Amontoado de curiosos aqui na calçada vendo bêbado rolar convulsivo; moça loira bonita diz que é caso típico de epilepsia alcoólica; rapaz bíblia em punho lança mão deles suplicamentos insistentes; moça catadora de latinhas de bebida afirma sem disfarce nem eufemismo que pai dela também bebe muito e às vezes fica assim rolando pelo chão soltando gosma pela boca, mas que ela não sente compaixão por ele beberrão capiongo que vive à custa da mãe dela. Policial agora chega mandando povaréu se dispersar; conhece as artimanhas dele bruega. *Epilepsia coisa nenhuma, vamos circular,* diz insistente-incisivo. Moça loira bonita irredutível afirma que é epilepsia alcoólica sim senhor e que é preciso chamar a ambulância. Há seres idealísticos que ainda exercitam solidariedade. Quem desde sempre naufragou feito eu fica assim indiferente assistindo à vida de camarote. Epilepsia ou não, beberrão aquele já se perdeu ou nunca se encontrou tanto faz — ainda vejo aqui de longe moça loira bonita esbracejando-esbravejando exigindo providências.

Antígona? Nem todas as águas do Íster seriam suficientes para purificar sua casa, tais e tantos são os crimes que nela se praticaram. Sua mãe Jocasta? Matou-se. Édipo, já não querendo ser testemunha de suas desgraças, seus crimes, arranca os próprios olhos: execrável treva caiu sobre ele. Ela, a princesa tebana, guia tempo todo o pai cego e banido da cidade em sua peregrinação, amparando-o até a morte. Não se deve considerar feliz nenhum ser humano enquanto ele não atingir, sem sofrer os golpes da fatalidade, o termo de sua vida — disse Sófocles.

Eu? Vida toda me afinei pelo diapasão da derrocada, vítima de uma longa interminável entre aspas litania de perdas. No começo parecia aventura adolescente experiência banal mas com o tempo vício maldito aquele foi indo num crescendo lançando combustível ao fogo, e o tal monstro-dependência deitou a mão nele e na família toda espaventada assarapantada; providências inúteis de todos os naipes e rezas e promessas e ameaças e furtos de lá e agressões de cá e muito desespero e finalmente overdose e salto mortal — perdi irmão moço ainda, dezesseis anos se tanto. Agora aqui, vivendo horas soturnas, descendo à gruta de Trofônio, no istmo entre solidão e morte, vítima de vírus malditos que, avassalando bom presságio, não proporcionam de modo algum breves períodos de pausa e trégua; onde o silêncio absoluto intercepta, lança interdição também sobre o balbucio; onde a morte se torna mais íntima — são perceptíveis suas unhas pontiagudas por todas as frestas. Jeito é me render aos surtos de fantasia. Na porta deste pequeno hospital ouço senhora dizendo serena: *Não chora que agora ele está melhor; vou ali comprar um terno novo; mais tarde levo você para ver o corpo.* Morte também carece deles retoques. Praça hoje fervilhada de revelhuscos; bancos árvores pombos todos entram em combinação com ociosidade anciã; envelhecimento é às escâncaras perda sem remissão; ádito da derrocada definitiva; preferível suposta parvoíce da juventude à presumível proficiência da velhice. Avô ali se entretém atirando milhos produzindo arrulhos. Vida assim mesmo: para quem opõe resistência à morte, prêmio-senilidade. Jequitibá aqui também me faz lembrar dia tenebroso aquele. Menina ainda sou retirada às pressas da sala de aula; diretora espavorida é porta-voz dele acontecimento funesto; pouco mais tarde já em casa fico sabendo deles detalhes todos: suicídio. Cheguei a tempo de ver corda pendurada no galho gigantesco da mangueira; perdi tio solteirão, irmão caçula de minha mãe. Vida toda vítima dos efeitos mnemônicos delas árvores, não sinto nenhuma sensação por assim dizer ecológica diante delas, apenas repulsa. Placa ali ao lado do moço sentado num tamborete diz: ESCREVO SEU NOME EM UM GRÃO DE ARROZ — suvenir estranho. Prova refulgente de que a patetice humana não tem limite. Calçadão aqui desde sempre apinhado de homens-sanduíches; dezenas deles oferecendo empregos de todos os naipes comprando vendendo ouro platina prata brilhante. Dois três cinco seis mendigos dormindo amontoados no chão. República de Platão garante que nenhuma cidade nunca vai dar certo: sempre será dividida em duas — uma rica outra pobre. Cena lúdica ali: três homens-solidários caminhando um se apoiando no outro: perderam a visão. Caindo de precipício em precipício aferro-me às raízes da memória; morte dele amigo escritor extinto me fez atingir extremo da saudade. Prometeu trouxe o fogo, vez em quando nos retira a chama. Quando perdi para sempre sua amizade entrei ato contínuo para a família dos esmolambados Dédalos, cuja desintegração é absoluta. Condenada à palidez dos dias vindouros fiquei de cócoras diante da vida; nunca mais ninguém para confrontar opiniões. Nossos abraços legitimavam o afeto. Sua virulência verbal tinha muitas vezes a assustadora aparência de um retábulo de Caravaggio. Costumava dizer que só conseguia encarar a vida de frente atrás das palavras. Morte dele me deixou sem gravetos para refazer o ninho. Quando contei que estava semana quase toda com insônia, indagou-me incontinente: *Sem a pequena morte de toda noite, como sobreviver à existência de cada dia?* Entre nós não havia a ambiguidade dos oráculos. Vida sem sua amizade? Lapso gramatical. Gostava de Hilda Hilst. Disse que em alguns poemas, em particular, Deus não é senão dúvida, dor e ameaça do vazio — os poemas hilstianos em busca do divino estão sempre a um fio de tocar o vazio. Sobre a prosa dela, gostava de dizer que a crueza desses textos, contrariando afirmativas precipitadas, não tem como efeito a excitação do leitor, a não ser que se trate de um tarado lexical, de um onanista literário. Senhora parou ali ofegante apoiando-se na bengala — velhice vai fazendo-nos perder aos poucos tudo inclusive os passos. COMPRO E VENDO LIVROS USADOS X-SALADA CALABRESA COM MOLHO MISTO QUENTE CHURROS CHAVEIRO ENCANADOR 24 HORAS RENT A CAR SEX SHOP CALÇADOS FINOS LEITURAS DE TARÔ. Pequena galeria aqui projeta luz sobre a mexerufada da vida. Tempo todo me afinei pelo diapasão da derrocada. Foi ao médico para exames de rotina. Dez quinze dias depois, resultado: câncer no intestino. Dias meses difíceis doloridos e pânico familiar e operação e quimioterapia e complicações e nova operação e outras complicações e morte — perdi irmã mais velha. Vivia em íntima conexão com os adeptos do adágio segundo o qual é preciso perseverar sempre — mulher-não-desistência. Certas enfermidades infelizmente não consagram atenção a nada, ninguém, sequer a pacientes porfiosos. Agora aqui, neste espaço parco impregnado de solidão constrangedora, cuja desesperança se arroja para além de todos os limites; neste desconcerto emocional; impossibilitada de refugiar-me no abstraimento; onde é impossível não trocar amiúde olhares insinuantes com ele barqueiro Caronte. Alma tentando a todo custo se acomodar à desolação, a esta subserviência voluntária aos murmúrios. Jeito é caminhar imaginosa nua pelas ruas desta cidade. Praça esta ergueu estátua prestando honras ao fundador do escotismo; é preciso estar sempre alerta; para quem nasceu predestinada ao malogro feito eu adianta nada ficar de sobreaviso: deuses da debacle são sorrateiros chegam à sorrelfa. Bairro até as bordas replenado de cães. Solidão da cidade grande faz quase todo mundo entranhar-se no afeto pelos animais domésticos. Não gosto. Tempo todo guardei neutralidade fui indiferente. Acolhi com repugnância bichos de todos os naipes — asco congênito. Tal engulho foi pouco a pouco criando corpulência na direção dele ser humano; quem vida toda se esbarrondou mais cedo mais tarde fica assim, nutrindo aversão por tudo e todos. Derrocadas perenes deixaram meu coração desinclinado num desacolhimento rotineiro. Olhando agora de perto percebo que monumento em honra ao criador do escotismo está troncho, irregular na conformação, inclinado para a ruína à minha semelhança. Árvores ali gigantescas altivas duram duzentos trezentos anos evidenciando a efemeridade humana. Vejo agora sobre telhado daquela casa ave que se alimenta de carne em putrefação; vem à memória miniconto dele amigo escritor extinto cuja história fala de urubu adolescente expulso de casa porque (vade retro) se viciou em legumes e frutas frescas. Escritor aquele tinha inegável domínio da narrativa curta — infelizmente para ser reconhecida de fato literatura precisa ser antes sinfônica que camerística. Outro miniconto dele fala de avô-aranha desiludido que se enforca no próprio fio. Dizia que jamais furtaria coisa alguma, salvo se se tratasse de uma boa ideia ou de um adjetivo feliz que pudesse trazer um pouco de brilho a sua fosca literatura. Entre nós? Busca cooperativa do riso; nunca houve hierarquização de afetos. Depois de sua morte entreguei-me de vez aos solilóquios. Relacionamento substantivo feito de admiração mútua. Sobrevivi a ele amigo escritor — vitória de Pirro. Carente dela sua amizade vida se tornou mais do que nunca metáfora mal-ajambrada. Fiquei sem bússola, navegando por estimativas. Moeda que perdeu seu troquel. Atitude amoral das deusas do desencontro deixando-me chegar ao fim da estrada sem companhia fraterna dele. Dizia que Antonio Vieira não contemplava o Céu sem passar pelas cegueiras da Terra; que não fazia mistérios dos acasos, e sim doutrina da ocasião. Três africanos aqui na frente estão falando possivelmente em quicongo, ou lugbara, não sei. Cena felliniana: ator amador vestido a caráter dublando Maria Callas. Sempre fiquei desassossegada diante de edifícios suntuosos assim com entradas altíssimas todas de vidro — imponência arquitetônica também produz testemunho dele nosso ananismo. Este outro aqui está abandonado há mais de trinta anos: escaramuças familiares. Quando entrecho é dinheiro ser humano modo geral mostra sua real estatura liliputiana.

Antígona? *Autonomos* — regida por suas próprias leis. Do ponto de vista psicanalítico, paradigma da relação do sujeito com o campo do desejo inconsciente. Toma em suas mãos o próprio destino, lutando para proteger a humanidade de seu irmão. Honra as leis dos deuses ctônicos, mas, antes de tudo, faz sua própria lei. Resoluta, irredutível em sua decisão, coloca-se contra todos os argumentos que apelam possivelmente para a razoabilidade; exige ritos de luto e sepultamento de Polinices.

Eu? Vivendo dias malcheirosos neste quarto-opacidade-absoluta, numa sujeição ininterrupta ao desencanto; onde não há máscara para ocultar o vazio — tudo carece de sentido; onde o silêncio perde todos os seus signos, o desalento mostra todas as suas vísceras; onde sei que é preciso me render à evidência: perdi. Não descobri à semelhança dele Nietzsche o truque de alquimia para transformar este lodo em ouro. Venha, luminosa Antígona, seja minha carpideira: também estou sendo enterrada viva. Jeito é lançar mão de minha por assim dizer fantasia sonambulesca, andar nua pelas ruas da cidade num ir e vir desordenado. Atriz ali na capa da revista segurando dois filhos adotivos de nacionalidades diferentes tem uma questão: propõe quesitos, interpela, reúne esforços, fraterniza-se. Criatura humana para ter valimento carece de possuir uma questão — nunca tive. Tabuleta perto dele manifestante antitabagista diz que cigarro não distrai, distrói. Infeliz foi tragado pelo descuido ortográfico. Noutra calçada cachorro ensinado conduz cego engravatado numa carreira vertiginosa; ambos seguem parelhos fluxo célere da multidão; ele perdeu a visão, mas não a altiveza. Não tenho ninguém, estou absolutamente só, diz uma octogenária a outra, ambas em marcha sonolenta aqui atrás. Vida assim mesmo, vai manejando o leme na direção dela nossa orfandade consumada. Do outro lado grupo de manifestantes protestando contra o policiamento da cidade; numa das faixas, leio estupidificada: A SEGURANÇA É UMA FARÇA. A educação, também. Reconfortante sentar num dos 122 bancos deste parque com mais de 48 mil metros quadrados de exuberante vegetação tropical, criado em mil oitocentos e noventa e dois. São dezenas de jequitibás cedros jatobás sapopemas sapucaias vinheiros. Sinfonia passeriforme é acalentada principalmente por sabiás e rolinhas e canarinhos e pintassilgos e verdelhões e pardais. Vez em quando esquilo qualquer zás-trás dá indícios de sua existência. Percebo que frequentadores em sua maioria são pessoas também conservadas na obscuridade. Mendigo bêbado deitado ali no banco relampeja nela minha memória amigo escritor extinto. Contava que havia demorado dois três anos para se aclimatar àqueles novos tempos abstêmios; que abstinência súbita trouxera sensação de vacuidade; que ele álcool levava água pro moinho deles seus devaneios. Viveu trinta anos camuflando subtraindo ao próprio conhecimento as próprias perdas. Dizia que beber é tergiversar em vão na ruindade da vida; que a abstemia em contrapartida não usa de subterfúgios: mostra que ela vida tem o colorido inútil do caleidoscópio; que boêmios se identificam no mesmo escopo; que a solidariedade etílica é evasiva, dissimuladora, mas inspira confiança por sua aparente imparcialidade. Ao lado dele amigo escritor extinto sentia-me leoa-marinha; agora alga, apenas alga. Juntos, parecia fácil driblar os ardis, os estratagemas, as intrigas da vida. Nossa amizade não diminuía a dor; abafava o grito. Ele evitava palavras injustificadas, renunciava ao aplauso do vulgo. Ríamos de nossas próprias estultices. Costumava dizer com agudeza de espírito que para quem sempre pediu tão pouco o nada é positivamente um exagero. Vivíamos na fronteira entre o riso e a reflexão. Nossas convergências nossas divergências afugentavam o enfado. Depois da morte dele vivi em desaprumo com o contemporâneo. Impossível livrar-me do raptus da saudade. Bonito ouvi-lo falar com entusiasmo do poema em prosa *Ascese*, de Kazantzákis. Dizia que seus parágrafos breves têm sonoridade de versículos bíblicos, por isso se pode falar, no caso deles, de poesia ou prosa poética, pela repetitividade de palavras e expressões, pela frequência de metáforas e figurações para dar corpo a ideias abstratas. Antigamente, viaduto este aqui era trampolim favorito de suicidas. Não me armaria de coragem, não iria ao extremo de empreender salto-mortal dessa similitude. Sempre dei mostras de fraqueza diante das mais inexpressivas periclitâncias. Sempre penso sobre a amplitude da solidão nos momentos intermédios entre o firme decidido propósito e o ato suicida propriamente dito — intervalo em que a criatura-desespero é também um ser-abandono-in-totum. Escritor italiano aquele que soube feito ninguém falar da difícil tarefa de viver dizia que o único modo de escapar do abismo é observá-lo e medi-lo e sondá-lo e descer para dentro dele. Suicídio: pá de cal voluntária nele próprio infortúnio. De minha parte, acho congruente deixar que as Parcas continuem recebendo tais incumbências, mesmo sabendo que viver mais é também amargar bancarrotas recrudescidas. Súbito surge à mente últimos anos dele pobre-diabo aquele que já não reconhecia ninguém – nem os próprios filhos. Conversas de repente se tornavam ilógicas; comentários incoerentes desconexos resposta sempre fora do contexto. Processo de aceitação levou tempo para todos os familiares. *Quero ir para outro lugar, sou prisioneiro aqui*, dizia ele dentro de sua própria casa. Quando completou setenta anos festejamos perguntando qual aniversário ele queria comemorar; resposta veio num átimo: *vinte e cinco*. Muitas vezes torci para que pobre-diabo morresse findasse aquele sofrimento — enfim, Alzheimer acabou de vez com ele meu avô paterno. Vendo moço sozinho ali noutra calçada balbuciando sons ininteligíveis percebo que desvario se move na órbita, segue trilha palmilhada pela solidão que insufla o solilóquio. Agora passou por mim casal muito bonito ao lado de dois filhos também encantadores. Fui de repente dominada pela inveja, enroscada pela serpente da zelotipia. Manifestação dele meu Duplo que possivelmente gostaria de lançar alicerces familiares, procriar, abafar revoltas, fazer progresso. Secretária aqui atrás diz para amiga que ficou grávida do marido, mas patrão dela pediu para tirar. Tirou. Nem todas as perdas são frutos de manobras dos deuses da derrocada — algumas são providenciais. Meus infortúnios, sim, foram todos perpetrados por anjos dos abismos insondáveis. Sei que naufragar sempre oxida a alma, degenera o peito, emperra o passo, imobiliza a possibilidade. VIM, VI, PERDI. Deuses da debacle fixaram esse slogan nele meu trajeto de vida; régua e compasso deles traçaram desde o início seus planos exatos.

Vida toda ouvi voz daimônica sussurrando em meus ouvidos: *Há logo ali um abismo feito sob medida para você.* Modo geral os ganhos foram tão inacessíveis para mim quanto o folclore druídico. Inútil negar: nas minhas caminhadas vida afora infortúnio deixou mais vestígios. Sei que minha luta foi sem esperança nem recompensa; que apesar de ilegítimas elas deusas anômalas da derrocada in totum são soberanas, absolutas; que, por funestas conjunções astrais, ela sorte nunca surgiu nele meu caminho. Acho que vida toda me alimentei das próprias perdas — aranha que tece teia da própria substância. Sei que diante dos obuses insistentes deles vírus malditos cuja maldade se regenera a todo instante não há outro recurso senão a indiferença, mesmo sabendo que eles, eloquentes em seus métodos cruéis, continuam dando livre curso a suas investidas fatais. Sei também que nunca deixei desânimo semear vapores de arsênico ao meu redor.

Antígona? Entregue ao limbo monstruoso. É a própria consciência ética. Virgo Lea — leoa virgem. Enfrenta, altiva, o tirano implacável, instaurador da desordem entre os homens e os deuses, o qual proíbe até que o corpo do irmão dela seja levado para além dos muros da cidade. Condenada a viver entre os mortos. Sabe, mais do que ninguém, que carregamos a morte em vida. Não é por obra do acaso que não estremece diante dela Precisa enterrar o corpo do irmão. *É assim porque é assim.*

Eu? Despojada de tudo, principalmente de afeto; vivendo horas encardidas pelo desconsolo, neste antetúmulo onde não há possibilidade de encontrar o caminho ascendente do regresso; lugar em que desalento vai fazendo boa liga, ficando a propósito, pondo-se em harmonia com o estar-para-sobrevir; onde a desesperança in totum me impede de ver o romper da manhã; onde se aprende a suportar o desencanto; onde é inútil chorar os próprios destroços; lugar em que os desfavorecimentos já não aparvalham; em que se vive consoante os ditames delas deusas da debacle; onde derrocadas já não esbugalham olhos nem suspendem respiração; onde fui aos poucos me alienando inteiramente ao ceticismo — quarto-invólucro delas minhas derrocadas. Vez em quando acordo sobressaltada, possivelmente vítima dos mal-assombramentos da Morte. Jeito é mergulhar no devaneio, soltar imaginação caminhando nua pelas ruas desta metrópole apressurada, desfrutando minha por assim dizer ubiquidade. Às vezes tenho a sensação de que todos nós poderíamos entrar espontâneos numa daquelas antigas Stultifera Navis — embarcações repelidas que, impossibilitadas de lançar âncora, carregavam sua carga de adoidejados de uma cidade a outra. Olhando moça ali delicada de compleição relembro adolescente bonita, cujo distúrbio de imagem na derradeira etapa era tão impressionante que com apenas trinta e poucos quilos e em estado de desnutrição descrevia-se robusta quadris enormes coxas grossas — perdi afilhada anoréxica filha de amigo de infância. Sei que viver é digladiar-se amiúde com instigantes e variadas cópias aparentemente indistintas de nós mesmos. Somos de natureza conflitante, nosso próprio fio de alta tensão. Senhora septuagenária aqui na mesa ao lado nesta suntuosa confeitaria diz à garçonete que deita poeira nos olhos da solidão conversando há mais de seis anos, quatro horas por dia, com amiga de aluguel — remuneração quinzenal. Afirma que brigam muito. Ao contrário da amiga entre aspas ela é incrédula, lança dúvida sobre tudo e todos, religião inclusive. Não vê a hora de morrer, só não se mata porque é covarde. E com peremptória afirmação conclui dizendo sem dissimular seu perceptível sotaque estrangeiro que viver é muito desagradável. Cena insólita: executivo passando agora com dois relógios um em cada pulso — com certeza não existem horas vagas nele seu cotidiano. Sei que nada sequer o tempo consegue deitar abaixo as recordações delas minhas derrocadas. Minha vida se resumiu em catalogar perdas. Sozinha à noite no IML de repente surge funcionário empurrando jogando caixão de metal feito bola de boliche levantando bruscamente lençol azul desbotado perguntando de súbito se aquele era mesmo o meu parente. Espavorida perplexa disse *sim, senhor*. Fiquei três dias seguidos com imagem daquele corpo nu cadavérico estropiado nela minha retina — havia perdido tio querido num desastre automobilístico; homem dedicado às coisas da Igreja, fervoroso, reencarnacionista. Sempre tentei semear discórdias dizendo que abria mão dessa digamos autorredenção — tornar a viver no meu caso seria reduplicar perdas. Mas ele, inabalável, sem exorbitar, explicava que lei de reencarnação elucida todas as anomalias e nos faz compreender que Deus deixa sempre uma porta aberta ao arrependimento; que reencarnar é praticar a expiação, o resgate; justificando intelectualmente sua tese acudia aos apelos pitagóricos argumentando que o pensador grego dizia lembrar-se de todas as suas antigas vidas. Para não levar desvantagem eu fazia uso de outro filósofo, Heráclito, quando este dizia que Pitágoras era ignorante em vários assuntos. Extinto tio amigo querido encerrava pendenga entre aspas meneando a cabeça sem desistir dele seu olhar movido a compaixão. Destino não foi condescendente; cena do corpo todo dilacerado no caixão nunca mais saiu dela minha memória. Heródoto garantia que o espírito leva três mil anos para completar seu ciclo de vivências na Terra – meu tio possivelmente não volte. Ouvindo agora quatro senhoras ali na mesa em frente falando em iídiche vem à mente psicanalista judeu vienense aquele segundo o qual não devemos amar nosso próximo como a nós mesmos desperdiçando assim nosso amor — o próximo quer apenas nosso mal. Donde concluo que temos tanto egoísmo estocado quanto é necessário para os tais três mil anos de regressos de que nos falou o pai da História. Executivo ali de óculos escuros neste final de manhã extremamente nublado é convenhamos de uma parvoíce radiante; nada transige condiz mais com nossa estultice do que nossa vaidade; vez em quando me pego desvanecida com minhas sucessivas perdas — perdedora do meu porte merece respeito biográfico. Sei que muitas vezes me ufanei deles meus reiterados reveses, vaidade mórbida, talvez, mas igualmente acalentadora do ego. Patetice humana não conhece margens limites fronteiras. Senhora elegante aqui atrás acaba de dizer carinhosamente para ele seu poodle: *a hora que você quiser ir embora é só falar que nós vamos, meu bem*. Houve tempo em que a solidão oferecia apenas alternativa de nos deixar falando sozinhos com as paredes. Ouço agora rapaz dizer que ontem raspou com máquina zero cabeça da mãe dele que está com câncer, fase terminal. Jeito sereno sem exibicionismo com que confidenciou o fato é testemunho de sua natureza nobre. Ao contrário dele herdei fiasco e descrença, não gosto de pensar em meus progenitores — sensação dúbia, dicotômica: amor desprezo afloram com igual intensidade. Não foi por obra do acaso que me aperfeiçoei na técnica da abstração, artifício proveitoso para aquietar meus sentimentos filiais. Abstrair para não contrair por assim dizer melancolia culposa. Prato da balança sempre pende para o lado do desprezo. Imposição de amar nossos parentes próximos, sem vir ao caso, é mais uma ladainha cristã. Nunca abracei meu pai; impossível saber o que ou quem estabeleceu tal barreira afetiva. Sei que perdi para sempre o abraço paterno; ele morreu cinco anos atrás. Introspectivo enconchado passava os dias de folga trancado no quarto lendo romances épicos e ouvindo tango; cada vez mais arredio; convívio escasso com tudo e todos. No começo foram as mãos, depois, os pés. Família toda olhava assustada disfarçando pequena repugnância. Depois, os cotovelos; em seguida, parte de trás das orelhas. Vitiligo é implacável no desbotamento. Finalmente todo o corpo dele meu pai havia perdido a pigmentação natural da pele. Incapaz de suportar as reações ao digamos transtorno estético resolveu morar sozinho — lobo da estepe. Certa vez ao sair da farmácia ouvi alguém sussurrando que eu era filha daquele senhor desbotado da rua de baixo que raramente saía de casa. Sei que vitiligo consubstanciou sua timidez. Herdei solidão dele, reticência dele, de certa maneira desbotamento também: perdi com o tempo pigmentação natural delas minhas esperanças. Agora aqui, neste claustro de desesperança incontida; quarto-prelúdio dele meu próprio funeral; lugar em que a solidão nunca será autopedagógica; onde me deixo dominar pela contingência. Desagradável viver aos sobressaltos diante dessas avezadas nuvens tempestuosas. Tenho medo mesmo sabendo que ela morte quando chega

exerce seu mister rápido feito polegar e indica-
dor molhados de saliva no momento em que
pressionam a chama da vela. Autor grego magistral que deixou Antígona por assim dizer ao
sabor dos ventos disse que, de tudo, o melhor é
não ter nascido; se nascimento houve, o melhor
é regressar o mais depressa possível ao lugar de
onde se veio. Sei que os piores dias de minha
vida foram todos. Cativa da própria imaginação
e do próprio desvario caminho nua pelas ruas
desta cidade — único simulacro única dissimu-
lação que me resta para esperar com menos
desespero a chegada dessas figuras de ânimo
deliberado, de cerviz empinada. Sim estou falando delas as resolutas Parcas. Tentativa quem
sabe de instaurar no interior de mim mesma
disfarce inútil para driblar a morte; engrazular
este sombrio estupor; jeito também patético
inútil de tentar esquivar-me desses vírus malditos que provocam meu emurchecimento
paulatino. Meu andar aleatório é cheio de surpreendências: mendigo passou agora numa fe-
dentina insuportável. Espanto e perplexidez são
inexistentes: que fulano aqui apodreça, que si-

crano mais adiante morra de fome, ainda existe calçada do outro lado para onde atravessar. Povaréu cada vez mais ordinário e egoísta e imprestável. Todos arrolham o nariz seguindo em frente dando razão justificativa ao adágio segundo o qual ser humano não é mesmo flor que se cheire. Alguns indigentes não suportam tanto malogro; cortam teia da própria vida. Sabe-se que o cristianismo não perdoa àquele que desdenha a esperança — suicídio, segundo as religiões cristãs, desbrava o terreno rumo aos subterrâneos. Mais quatro mendigos bêbados aqui na calçada, três mulheres, um homem. Corpos amontoados intumescidos tumorosos. Uma delas com seios à mostra — cena dantesca. Todos desfechando palavras desconexas. Miséria humana desse naipe me desestrutura, fico numa tristeza profunda. É desassossego fogo-fátuo: próximo quarteirão tudo mergulha no esquecimento. Quem vida inteira foi por água abaixo mais cedo mais tarde é dominado por sensibilidade fugaz. Melhor assim: comiseração não vai mudar vírgula no roteiro de vida deles seres-monturo-de-indignidades. Levaram a extremos constatação dele santo Agostinho: nasceram e vivem entre urina e fezes. Curioso relampejar agora na memória acontecimento dilacerante aquele que tio dedicado às coisas da Igreja me contou: numa delas suas peregrinações entrou num barraco de chão batido para levar alimentos, viu duas moças catorze quinze anos se tanto acocoradas uma em cada canto do cômodo; de pé um senhor recebeu a doação agradecendo cerimonioso; mais tarde fiquei sabendo que ele era pai-amante das moças assustadas que pareciam dois bichos acuados; seres-símios. Agora, diante do monumental edifício-sede dos Correios — estilo neoclássico, construído em mil novecentos e vinte e dois. Lembro-me ato contínuo delas cartas de Abelardo e Heloísa. Penso no amor impossível dos dois amantes, na lenda segundo a qual ao abrirem a sepultura de Abelardo para lá depositarem o corpo de Heloísa encontraram incorrupto o cadáver do filósofo — de braços abertos esperando quem sabe a chegada da amada. Sei que vida toda me afinei pelo diapasão da derrocada. Vim, vi, perdi. Tempo todo perdas fluíram de

modo natural, consequente. Assim como fazem
com a doidice de Dom Quixote, também elas as
deusas inauditas da bancarrota — metódicas
— utilizam minhas derrocadas como passatem-
po. Irrequieto, trêfego, ele era a exaltação rei-
nante dos ânimos. Dizia ser impossível não
haver povos mais evoluídos em outros planetas;
que a estultice dos digamos terráqueos prova
ipsis litteris sua condição estagiária. Gostava de
encaixar nas frases a todo custo mesmo desne-
cessariamente a expressão ipsis litteris — acha-
va-a bonita sonora talvez; conferia quem sabe
alguma intelectualidade a seus argumentos. Foi
com o tempo exagerando demais na prática
etílica sem abrir mão por assim dizer nem sequer do delirium tremens. Descuidava de tudo,
principalmente da higiene pessoal. Sempre
gostei de seu inconformismo e de suas ideias
inquietantes e de seus desvarios inteligentes.
Lealdade ilimitada: fosse amigo de Antígona
jamais a deixaria enterrar sozinha o próprio
irmão. Sabia que o ser humano, em sua concep-
ção, é naturalmente mau, dissimulado — ten-
dências inatas de buscar vantagem pessoal. Mas

nunca tentou, como se diz, curar a peste com água de rosas. Era bom ouvi-lo dizer vez em quando que entre nós não havia diálogos burocratizados. Morreu dez anos atrás de cirrose hepática, trancafiado num hospício. Saudade dele ex-namorado ipsis litteris — tocava violão, compunha, cantava. Sonhou tempo todo em gravar profissionalmente, ficar rico. Não conseguiu. Deve existir num canto qualquer do Universo um lugar em que você já nasce com dinheiro suficiente para ir perdendo sempre até exalar derradeiro alento com o montante exato para honrar in totum as dívidas do próprio velório. Agora no bulevar dos perendengues hippies; talvez seja esse o eterno retorno de que nos falou Nietzsche; duas três cinco barracas de camping com alguns Diógenes modernos dormindo dentro — tudo envelhece inclusive os centros das cidades. Vejo duas três cinco moças fazendo trottoir no corredor da praça ao lado da igreja. Madalenas modernas não se arrependem. Lembrei-me agora dele amigo escritor extinto: dizia que na juventude frequentava bordel interiorano, quase sempre visitando a mesma prostituta, analfabeta, que vivia pedindo para ele ler o horóscopo dela. Lia, inventando trêfego, sistemático, desfechos radiosos. Ao lado dele era possível atingir o estágio mais alto da eudaimonia, não precisávamos enredar um ao outro em redes verbais. Nosso convívio era jeito inteligente de esquivar por alguns instantes a frustração da vida; nossa amizade, substância regeneradora. Sem ela fui consumida pelo cansaço de viver. Ao lado dele ia além da superfície das coisas. Quando concordávamos um com o outro não havia nenhum traço de subserviência. Sem ela sua amizade me transformei num ser estranho, numa dessas conchas fósseis não classificadas em nenhuma espécie conhecida; dias ficaram desconjuntados, desguarnecidos de entusiasmo — sensação de que, ao contrário da lógica, foi a água que desapareceu nas fendas da cinza. Disse que para um autor feito Antonio Vieira parece próprio afirmar que Deus provê o mundo com sinais sensíveis de sua presença, justamente para manter o desejo humano nos limites de sua fraqueza própria, como legítima busca de seu Ser. Eu desconhecia este pequeno museu no qual se preserva a memória do circo. Curiosa foto esta aqui: três meninos trajando à antiga bisbilhotando pelas frestas da lona; em cima uma tabuleta: É EXPRESSAMENTE PROIBIDO OLHAR PELA CORTINA. Deveria também ser expressamente proibido sair da infância. Sei que me emocionei agora lendo história dele palhaço pioneiro que morreu aos setenta e seis anos de insuficiência cardíaca, engasgado com uma bala, sim, guloseima de açúcar — eterna criança. Vendo alunos saindo ali da escola chamo à memória extinta amiga professora que sempre desbastou minha ignorância sobre a pedagogia do oprimido. Repetia ad nauseam: *Educar para transformar.* Seguia obstinada vestígios deles seus próprios ideais. A cada encontro me pedia de chofre: *Por favor, só me conte as coisas desprezíveis que você fez nos últimos dias: as louváveis me entediam.* Morreu jovem, trinta e poucos, embolia pulmonar. Pleiteava com dignidade os seus direitos — líder. Veio ao mundo para romper o equilíbrio, fazer diferença, não coincidir, contrastar com ela nossa consensual patetice. Somos na maioria homogêneos, igualados na puerilidade. Vida toda fui apanhada de surpresa fazendo uso da inveja, do embuste, da sordidez, do perjúrio, da aleivosia. Filha de espanhóis ela extinta amiga professora declamava Lorca magistralmente, no original. Televisor ligado na porta da loja mostra um povo atirando míssil contra outro, crianças em pedaços sendo retiradas dos escombros. Evitar a estupidez in totum do ser humano está **tão** fora dos limites da possibilidade quanto impedir que o dia anoiteça.

Antígona? Fiel a si mesma, a sua physis. Sabe, bem antes do advento da psicanálise, que agir é arrancar da angústia a própria certeza. Solitária, não titubeia diante do que deve fazer. Mesmo sabendo que pode ser apedrejada ou enterrada viva. Extremo limite da audácia. Além das leis do céu, segue inflexível as leis do desejo — seu desejo. Desafia com determinação inegociável o decreto real, comovente abnegação. Não conhece leito, nem cântico nupcial, nem esposo, nem filhos por criar; sem amigos, só, desgraçada, desce ainda viva para o fosso.

Eu? Neste cubículo fúnebre, cuja porta de entrada deveria trazer afixada em sua parte superior esta frase evocativa: MEMENTO MORI; lugar em que perpetuo em mim o rancor, a ranzinzice, a derrocada — vida toda fui perseguida pelas almas dispersas que atendem pelo epíteto poético de deusas da derrocada in totum; onde perdi abrupta a exuberância dela própria personalidade; neste por assim dizer pora-pora-eima, lugar despovoado, estéril, de que nos falou Euclides magistral aquele de todos os sertões. Nunca fiquei frente a frente com cigana cujo alforje estivesse atafulhado de encantamentos ad amorem capazes de trazer para minha vida chama qualquer de efeitos maravilhosos. Sempre vivi no convés, desprovida dos favores delas forças ocultas venturosas. Tampouco me debrucei sobre minhas perdas com atração mórbida; jamais me empolguei com a presença inefável dessas entidades bancarroteiras. Sei que neste quarto-desamparo procuro levar a imaginação até seu limite — jeito de driblar entre aspas desintegração contínua delas minhas entranhas. Deve ser muito bom caldo de cana substancioso dessa pastelaria. Cesta de cenouras na porta da quitanda vizinha relampeja na memória amigo escritor extinto que criou miniconto sobre coelho consciente de seus deveres-direitos que súbito se recusa a sair da cartola; cenoura rareava naquele circo mambembe. Ele amigo escritor extinto dizia que a literatura mediana não serve para nada; é a própria negação da literatura, cuja primeira exigência é a de se justificar (justificar a própria presença) diante dos outros objetos de cultura. Senhor da ironia, fino gracejador à semelhança dele Gibbon. Soube desvendar com perspicácia os mais variados tipos eternamente ridículos da psicologia humana. Juntos, tínhamos a sensação utópica de que estávamos destinados ao eterno; de que não éramos estranhos ao mundo; de que podíamos esquecer vez em quando que toda a vida humana é constantemente abalada de um lado para o outro — entre a dor e o tédio. Nunca deixamos o riso ser maculado pela avarícia. Amigo escritor extinto tinha o poder de brunir a opacidade deles meus dias. Costumava brincar dizendo que eu também pertencia à Casa de Laio. Sem ele vivi obliquamente; ensombraram meu riso. Entre nós a combustão das palavras era espontânea, diálogos surgiam a flux. Pena: quase nada foi salvo do castigo da devastadora geada do esquecimento. Curioso lembrar agora história aquela que ele me contou sobre sua sobrinha. Aos quatro anos foi morar com os pais em Londres. Depois de seis meses falando apenas inglês, disse, abrupta, que precisava voltar para o Brasil: sua língua estava ficando velha. Prestigiávamos tempo todo a liberdade; poderíamos ter morado na Abadia, aquela do *faça o que quiseres*, que Gargântua mandou construir. Vendo caixa de uvas aqui na porta penso na vagareza, na lenta subida graças à qual o suco se acumula nas frutas. Rapaz passou agora dizendo no celular: *Meu amor! Liguei meia-noite e meia: sua mãe informou que você ainda não havia chegado.* Mentira está entre os dez primeiros preceitos fundamentais da patetice humana. Louca andrajosa prorrompendo em gritos encarou transeunte de repente perguntando sem esperar resposta se conhecia maldito que matou filho dela. Pobre-diaba pelo jeito vai continuar se afinando pelo diapasão da desesperança. Era incapaz de dizer não quando estava vis-à-vis, defronte aos amigos. Já à distância sempre dava um jeito de impedir o curso deles compromissos deixando correr à revelia; faltava com a palavra. Nada grave: eram apenas obrigações de caráter social-etílico; jamais discutimos em quase vinte anos de convivência. Opinião unânime: nunca se deixou dominar pela inveja; praticava ações pouco dignas com elas suas digamos Dulcineias; navegava com todos os ventos; propenso à volúpia; volúvel também; gerou conflitos causou engulhos desarvorou muitos corações femininos. Fumava demais: infarto fatal — perdi amigo de juventude no esplendor de seus felizes acasos. Sigo minha lida andarilha olhando a multidão; cada um catalogando sabe-se lá suas próprias perdas. Moça cega aqui no ponto de ônibus apoiada numa bengala repetindo amiúde a frase *Sol está brilhando, ela vai ficar aleijada. Sol está brilhando, ela vai ficar aleijada* transcende os limites deles meus disparatados presságios. Atravesso a rua. Somos todos irmãos siameses da estultícia. Uma vez me surpreendi atravessando a calçada instintivamente para não ser importunado pela colega recém-despedida da mesma empresa em que trabalhávamos. Somos todos capazes de atitudes de extrema mesquinharia. Levasse a sério a própria pequenez ser humano viveria às escondidas, disfarçando sua constante ruborização; a falta de capacidade para exercer autocrítica está no topo da lista dela nossa patetice. Agora caminho neste pátio onde quase cinco séculos atrás foi levantada a primeira construção desta hoje metrópole apressurada. Olhando para essa igrejinha e esse museu, ambos de arquitetura barroca, transporto-me para a cidadela na qual nasci; onde comecei a catalogar minhas primeiras perdas meus primeiros desapontamentos; lugarejo ancoradouro da minha infância cheia de lesões de intensidades variáveis engendradas por artífices físico-psíquicos; cidade-trauma. Não fosse descrente entraria agora na capela para me concentrar em orações, implorando aos deuses do esquecimento que inutilizassem meu passado com traços em cruz; que reduzissem a nada os gritos dela minha mãe embriagada dizendo a meu pai *odeio você, odeio você, odeio você.* Inútil. Sou irreligiosa; que cada um resolva sem auxílio ou influência externa seus desarranjos suas inquietações seus fantasmas. Pátio-eu ambos vivendo de recordações; sinto-me gasta surrada igual gibão secular do padre-fundador exposto nesta redoma de vidro; tudo aqui agora é memória histórica; são relíquias trilhas registros apontamentos epistolário que referendam fatos; eu, ao contrário, deveria deixar meu rasto se apagar de vez nas brumas da memória. Não dá proveito viver nostálgica dos tempos antigos de olho apenas no espelho retrovisor. Admito: ficar sentada no banco desta capela olhando para o infinito abranda sim a alma, principalmente enquanto música sacra suave vem lá de trás do altar. Senhora de joelhos três bancos adiante está quem sabe pedindo para santo qualquer correr esponja sobre seus últimos procedimentos irregulares; não há a menor possibilidade de se desfazer tempo todo das transgressões de preceitos religiosos; beata ali não sabe mas está rezando preces de Sísifo. Vez em quando pergunto a mim mesma se na hora da morte, motivada pelo medo, vou abrir mão dela descrença in totum; se vou pousar os joelhos em terra, suplicar proteção divina fazendo orações. Espero não ser hipócrita, mostrar pelo menos nos derradeiros estertores um pouco mais de altiveza; medo poderá talvez desfazer qualquer possibilidade de compostura, brio, inteireza de caráter. Perdi tudo inclusive a convicção. Vida toda vacilante, indecisa, vítima dos ventos adversos, mergulhada no vértice da perda in totum, impossibilitada de me desvencilhar das tramas e redes e armadilhas das deusas desmedidas da bancarrota absoluta — móbil delas minhas próprias bisonhas imperícias. Hoje, neste quarto fúnebre com suas horas emurchecidas pelo desalento, penso em minha estreita e pobre existência carente de qualquer manifestação característica do afago mercantilista. Mas nunca vivi me fazendo de náufraga sem possibilidade de resgate, a despeito de minha vida se haver transformado numa pantomima ininteligível. Sensação de que as perdas se nutriram de si mesmas, se purificaram em si mesmas. Acho que me acostumei com esse insólito fato de ser durante quarenta e cinco anos alvo dos escárnios da adversidade, resistindo altiva aos torniquetes asfixiantes da sorte contrária; que nunca adquiri hábito de exercitar autocomiseração, mesmo sabendo que esses vírus malditos que transitam céleres dentro de mim são indecifráveis à semelhança dele Aiôn heraclitiano; que é impossível impedir que eles exerçam sua devastação. Sei que detentores do poder absoluto mantêm incólumes suas tradicionais prerrogativas, transformando meu trajeto em encruzilhadas pantanosas. Jeito é deixar a verdade ser sobrepujada por desordenadas fantasias inventando caminhadas enquanto espero minha perda mais decisiva. Sempre que vejo feito agora ali na calçada menino abandonado dormindo, lembro-me de lenda altaica segundo a qual crianças antes do nascimento repousam como passarinhos nos ramos das árvores cósmicas. Deve ser reconfortante acreditar em Deus. Praça ali com sua multidão raivosa, também cheia de pombos com suas insuportáveis melodias arrulhantes. Do outro lado na calçada cover do rei do rock saracoteia e canta e requebra e rebola e braceja e sacode os ombros, figura clownesca. Amigo escritor extinto estivesse aqui diria, galhofeiro: *Elvis não morreu, infelizmente*. Temperamento agitado; difícil imaginá-lo desenvolvendo, por exemplo, as técnicas contemplativas dos iogues. Nunca duvidou de que descendemos de uma raça de símios antropomórficos evoluídos. Tudo era alvo perfeito para sua ironia. Quando viu pela primeira vez uma daquelas dezenas de vacas de gesso pintadas espalhadas pelas esquinas desta metrópole apressurada, comentou ato contínuo: *A arte foi para o brejo*. Dizia que ele-eu éramos habitantes da exclusão, pertencíamos à família dos tragados pelo impossível. Longe dele fiquei desabituada dos improvisos aforísticos, dos sarcasmos imprevisíveis; junto dele, acontecimentos pareciam mais substanciosos. Deuses dos desencontros profanaram templo do diálogo. Agora? Ave de asa quebrada cujo ninho foi destruído; tentando reconstruir o passado com toda a falta de compatibilidade, todas as implicações que podem desarrumar a memória do restaurador. Sei que ao lado dele não havia momentos miúdos, nunca perdíamos o animus jocandi, raramente abríamos mão do gracejo, da pilhéria. Uma vez, apareceu fumando protegido por enorme piteira e dizendo que havia finalmente encontrado jeito digamos inteligente de se afastar do cigarro. Nossa amizade aplainava minha montanha de inquietudes. Vida sem ele perdeu toda a sua hospitalidade. Dizia que a literatura é uma das formas mais elevadas de dar sentido à vida, de lutar contra o absurdo existencial; que, se tivesse de escolher uma única virtude para um prosador, não diria nem vivência nem imaginação, mas domínio da língua. Sempre se despedia de mim garantindo que não tinha mais nada a fazer além do vício de roer os ossos do ofício. Era entre aspas deus retórico da persuasão, da eloquência; certamente vacinaria Pégaso contra picada de vespa para entrar no Olimpo driblando Zeus. Vendo mulheres nuas ali nas capas de revista lembro que nunca dei importância, sempre fui desafeiçoada, alheia às marchas dos acontecimentos luxuriosos — reflexo da afoiteza paterna talvez. Melhor deixar intricada questão para os discípulos daquele vienense que soube feito ninguém desassombrar os subsolos da alma. Indiferentismo à parte acho ato da cópula, em si, patético: esse vaivém friccional cheio deles ardores fogosos desordenados harmoniza-se com os símios propriamente ditos. Nem por isso vivi entrincheirada atrás da muralha do pudor. Sei também que nunca fiz jus ao discurso eclesiástico do século XVII, segundo o qual o sexo feminino é imbecil, repleto de paixões vorazes e veementes. Jovem senhora aqui na frente diz ao telefone que não acredita em relacionamento em que um se anula em função do outro. Eu? Não acredito em relacionamento de espécie alguma. Sei que caminho nua pelas ruas desta cidade. Talvez tudo sejam sonhos confusos; há dias meu corpo transformou-se numa fornalha, vítima de delírios febris. Duas octogenárias conversando aqui ao lado; uma lamenta que está ficando cada vez mais surda; outra, lançando a barra mais longe, diz que perdeu completamente a memória. Bem-vestidas, maquiadas, ainda não perderam a vaidade, que certamente levarão para o túmulo prestigiando o Eclesiastes. Moça com fone de walkman no ouvido cantarola gesticulando como se estivesse num palco — mímica insólita sob ponto de vista de todos nós desconhecedores da música primum mobile de tais trejeitos patéticos. Que cada um exercite a própria insensatez como pode. Eu? Ignorei vida toda acasos felizes da sorte; nunca consegui frustrar embustes, prevenir danos. Deusas despropositadas da derrocada in totum sempre rilharam os dentes para mim, enfáticas em seus empreendimentos nefastos. Acho que já nasci preparada para prognósticos sombrios. Nunca procurei pretextos para minhas possíveis lamúrias: não encontrariam ressonância nos demiurgos da benevolência. Também diacho não precisaria viver in summo periculo — num perigo extremo. Perdas sempre estiveram tecidas nas texturas de minha estrada, repetem-se à exaustão. Tempo todo algo de apocalíptico exalou-se ao meu redor. Biografia atafulhada de rasgões impossibilitados de remendos. Jeito é caminhar imaginosa nua pelas ruas grifando a patetice deles meus semelhantes. Sei que invento caminhadas procurando, ingênua, jeito de jogar carga ao mar para não me afogar. Ilusão: meus delírios não me blindam contra a impossibilidade de vencer a hidra da insolvência. Sensação de ter vivido tempo todo ameaçada por elas imensas nuvens negras carregadas de chuva que tanto inspiraram Dürer. Cavalheiro solitário ali olhando para o alto dos edifícios possivelmente procura placas indicando seres mágicos especializados na fabricação de filtros do amor. Agora aqui, neste quarto sombrio esperando passiva a morte, imaginando, ingênua, que ela possa ser semelhante à estátua de Sileno: horrenda por fora, mas cheia de pedras preciosas por dentro. Custa nada vez em quando tentar esgotar as possibilidades da compensação. Não é difícil afeiçoar-se ao tédio, cair no costume, palmilhar veredas batidas para driblar dias enlutados. Sei que não podemos pular a própria sombra, mas é possível vendê-la ao Diabo feito Peter Schlemihl. Agora aqui, neste quarto penumbroso, lugar em que a melancolia chegou para engendrar de vez o desalento; onde convivo tempo todo com umbra futurarum — sombras das coisas futuras; onde vivo meu Xeol personalizado; lugar em que as suposições fundadas em probabilidades foram condenadas às galés. Vida toda vivi num dos nove círculos concêntricos do inferno. Aos treze anos assisti, perplexa, estupidificada, naquela cidade-satélite, a quarteirão de casas de madeira ardendo quase todo em fogo — uma delas, loja de calçados dele meu pai. Perda total. Curioso lembrar agora o *Planalto em chamas*, dele Juan Rulfo. Difícil adaptar-se ao descarrilamento habitual. Equívocos; meus caminhos sempre foram pavimentados de equívocos. Perdas sucessivas depois de muitos anos calcificam a expectativa, abatem o ânimo, atravancam o sorriso. Ainda não descobri se não gosto da morte porque tenho medo da vida ou se não gosto da vida porque tenho medo da morte. Para fugir dessa obsessão enfadonha de rastrear as próprias perdas, para escapar às armadilhas da solidão, procuro exilar-me na imaginação caminhando nua pelas ruas desta metrópole apressurada, mesmo sabendo que minhas entre aspas caminhadas são arcabuzes diante das armas nucleares desses implacáveis vírus malditos agora cognominados anjos dos abismos. Não há fogo de santelmo capaz de apaziguar essas ondas em fúria. Sim, sou vítima desses minúsculos demônios e de suas incansáveis sublevações em favor da destruição in totum. Chamo à memória Boccaccio quando contou que as mulheres de Verona, vendo Dante cruzar as ruas, imerso em meditações, apontavam para ele murmurando: *Olha esse que vai ao Inferno e volta quando lhe apetece.* Agora passa por mim pobre-diaba descalça, em andrajos, gritando ad nauseam: *Ele não viu que eu sou mais bonita que ela, ele não viu, não viu.* Perdeu a razão, mas não deixou a vaidade cair no esquecimento. Vida é um devaneio de mau gosto. Moça morena bonita esperando impaciente ônibus que nunca chega diz para senhora acompanhante (mãe talvez) que as pessoas se esquecem muito rápido de quem já morreu. Fui esquecida em vida. Cena dantesca: mulher arrastando rapaz encurvado caminhando dificultosamente de quatro: perdeu de vez a verticalidade. Deuses do defeito transcenderam. Dupla de infelizes pedintes rompe o equilíbrio, deixa a paisagem dessemelhante. Os digamos verticais sentem-se de certa maneira culposos, implicados em processo-crime. Diante dele ser-deformação nosso aprumo, nosso jeito erétil, torna-se afronta desrespeito descaso. Todos à volta, desconhecendo o requinte da hipocrisia, desejam que eles logo sofram eclipse virando próxima esquina, apagando-se rápido da memória; querem seguir iludidos com suas pequenas deformidades. Viver é aperfeiçoar embustes, limar, polir imposturas, retemperar patetices. Senhora desceu agora do ônibus desfechando insultos fazendo alusões injuriosas ofensivas ao motorista que segundo a própria ignorou campainha: não parou no ponto anterior. Desavenças miúdas do cotidiano. Feição desalentada dela mostra que também vida toda se afinou pelo diapasão da desesperança. Andar manquejante é razão justificada para seu aborrecimento. Decrepitude confirma indiscutível desagradabilidade da vida: tudo se arrasta, principalmente os passos. Propaganda na camiseta do rapaz ali anuncia adestramento de cães sem uso de castigo. Vida tentou me adestrar castigando. Sei que invento caminhadas para quem sabe encurtar distâncias entre a desesperança e o barco de Caronte. Andar para concluir que a vida não proporciona chegada: morremos sempre no meio do caminho. Passageiros do ônibus passando agora pensam ingenuamente que chegarão ao concluir seus respectivos itinerários. Ninguém nunca chega: viver é patetice inconclusa, trabalho de Sísifo. Agora aqui, esvaecimento contínuo, horas descambando-se para a lassidão in totum. Apartada do mundo, no limiar da morte, ouço o retinir de suas esporas; neste quarto fúnebre que comporta todas as metáforas do desengano; onde o sol já morreu; onde se vive sob o império da escuridão; onde a panóplia de minhas lamúrias não provoca ressonância de nenhuma natureza; lugar em que se acumulam inquietações; onde tudo é desnecessário, inclusive desvendar incógnitas; onde todas as previsões desembocam na escatologia. Esperava desfecho menos tacanho. Meu último dia vai chegar logo, possivelmente hoje, para acabar de vez com minha vida de colheitas sempre mirradas. Cito, bene cito ac valde breviter — logo, sem tardar, em muito pouco tempo. Sei que apenas ela, essa entidade indelineável, tem capacidade para suprimir de vez minhas ininterruptas derrocadas. Acho que essa multidão inumerável de vírus está turvando meu juízo; pesadelo sintomático aquele da noite passada, verdadeira Visão de Tungdal. Ah, esses vírus malditos com seu cortejo de atrocidades. Besta de mil cabeças. Fantasmas antropofágicos. Sou uma pessoa interiormente devastada. Curioso lembrar-me agora dele amigo escritor extinto — gostava de perguntar em tom de galhofa: *Quando uma casa está assombrada, locatário deve continuar pagando aluguel*? Caminhou tempo todo entre a blasfêmia e a heresia. Apesar dos pesares também povoava sua alma de ilusões. Nossa amizade resvalava na maiêutica, um dava ao outro a satisfação de ter encontrado a resposta por si mesmo. Dispensávamos a arte da persuasão. Nunca consegui habituar-me com a ausência dele, tempo todo em dissonância com a realidade, em litígio com o cotidiano. Não há indiferença estoica capaz de blindar contra tanta saudade. Juntos, segregávamos a monotonia. Às vezes até nos sentíamos de bona gratia instalados no mundo. Ele? Escrevia com entusiasmo sonoro; prosador enxuto, evitava as enxúndias verbais. Disse que para Antonio Vieira a questão relevante da história não é a de sinalizar simplesmente o Ser absoluto de Deus, mas a de sinalizá-lo como Providência divina dirigida ao próprio homem. Sei que agora tenho medo; que nunca cultivei a arte de bien vivre — muito menos a de bien mourir. Jeito é fabricar ilusões, caminhar a trouxe-mouxe imaginosa nua pelas ruas desta cidade. Coração ficou de repente alvoroçado. Vejo agora três jovens distribuindo pão e café para indigentes debaixo do viaduto. Gesto de quem se solidariza com sofrimento ainda acende êxtase. Mas não cometeria jamais ingenuidade de atribuir-lhes bondade semelhante à daqueles capuchinhos que ajudaram centenas de pessoas durante a Peste Bubônica. Sei que ainda me restam algumas aparas alguns fragmentos de compaixão. *Oi, varredor, o senhor não vai falar comigo? Disse bom dia, e nada, resposta nenhuma —*

reclamou a cega para o lixeiro. Perdeu a visão, mas não a cortesia. Cena tragicômica: homem de meia-idade sentado na outra calçada falando consigo mesmo em voz alta via telefone improvisado; lançou mão de pequena mangueira de borracha, colocou uma extremidade na orelha esquerda outra na boca. Pessoas passam fazendo escárnio escangalhando-se de riso.

Antígona? Comete crime sagrado. Ao morrer, faz triunfar a intangível lei divina. Decide pela própria morte para não viver experiências mesquinhas e insatisfatórias. Não se preocupa com a adequação ética e jurídica do seu ato. Têmpera heroica: ousa terrivelmente, assume solidão também ética. Transgride a ordem e o poder e a aparência permanecendo fiel a si mesma. Santamente criminosa. Mesmo depois de descoberta, reincide, altiva, sepultando outra vez, agora à luz do dia, o cadáver do irmão.

Eu? Vivendo horas longas, tépidas, inquietantes, lamurientas, que oscilam — alternâncias de tédio e desengano neste quarto fúnebre; sabendo da impossibilidade de acorrentar esses vírus diabólicos, de vitalidade assombrosa, obstinados em suas maldades, imoladores de vítimas humanas: possivelmente rendem obediência, aquiescendo às ordens de Torquemada redivivo qualquer. Sim, agentes infecciosos da mesma natureza dos tiranos: elevam-se ao poder por si próprios. Agora aqui, vivendo outros instantes desafortunados neste espaço onde o desalento sobrevoa, à deriva; horas seguidas sem entrar ninguém para limpar minha boca babujada de saliva; onde fica cada vez mais difícil acomodar-me à condição humana; lugar em que única saída é olhar para trás, digerir o passado, num rastrear quase sempre inútil de acontecimentos pretéritos, ou caminhar imaginosa nua pelas ruas desta metrópole apressurada. Agora aqui, banimento irrevogável, moendo remoendo cantando sempre a mesma cantiga; cheia de desprezo pela própria vida, vítima dos desarranjos do destino, das decaídas progressivas, das infinitas sucessões de revezes — tempo todo encantoada num precipício de perdas. Os piores dias de minha vida foram todos. Agora aqui, neste quarto impregnado de momentos obscuros, cheirando a sepulcro feito aquele livro dele nosso bruxo soberano; onde não consigo me impedir de lembrar, lembranças truncadas delas minhas incontáveis perdas; onde anoiteço e amanheço em meio às trevas; lugar em que todas as horas são taciturnas; onde o desencanto deteriora por completo a atmosfera; onde vou aos poucos me reduzindo a esqueleto; onde sei que não me levantarei nunca mais. Vida toda intuí, nunca refleti; jamais inclinei minha preferência por algo em especial; vivi numa esquivança obstinada, driblando, inconsciente, talvez, o benefício, a colheita. Prato da balança sempre pendeu a favor do flagelo. Uma vez ele amigo escritor extinto contou que passando na rua viu multidão em volta de corpo de mulher que havia pulado do décimo andar de um prédio. Aproximou-se e ouviu mendiga grávida comentando: *Ela quis morrer, morreu. Eu sou obrigada a viver.* Ele amigo escritor vivia perguntando, sem esperar resposta: *Antes, confessionário; agora, divã. Caminharemos todos um dia com os próprios pés?* Sei que vida dele-minha nunca foi uma busca agônica da transcendência. Sabíamos que tempo todo dependemos de como sopram os ventos do bom ou mau humor dos quase sempre arbitrários deuses do Olimpo. Nossa amizade era holofote sobre o lusco-fusco de nosso próprio cotidiano sempre insípido. Dizia que muitas vezes o passado nos reserva surpresas mais gratas do que o futuro. Modesto, vez em quando fingia ignorar tudo — espécie de padre Brown chestertoniano: parece não saber nada, mas sabe mais sobre crimes do que os criminosos. Sei que nunca disfarçamos nossa visceral repugnância à parvoíce humana. Ao lado dele era possível entorpecer, aplanar por algumas horas as asperezas da vida. Uma vez me contou que na sua infância interiorana matou muitos passarinhos; havia muitos talhos de canivete neles seus estilingues — cicatrizes de vários assassinatos infantis. Agora aqui, vivendo horas deslustradas sem intermitência pela desesperança, neste quarto fúnebre onde aparecerá ninguém para colocar óbolo entre os lábios dele meu cadáver para travessia do Aqueronte; transformando meus tempos pretéritos em sagrados murmúrios; esbarrando mentalmente nos destroços do passado. Jeito é caminhar imaginosa nua pelas ruas desta cidade para fingir que ainda estou viva. Ilusão, sim, mas benéfica e libertadora; antídoto contra o desespero extremo — vírus malditos fazem vingar sua vontade, mas sem tolher minha imaginação. Agora aqui, dentro do Masp, diante do *Filho do carteiro* dele Van Gogh. Quadro magistral me desestrutura, tira meu íntimo dos gonzos, desarranja minhas entranhas. Choro. Sei que vida toda aperfeiçoei embustes, limei poli imposturas, retemperei patetices; marionete nas mãos delas deusas disparatadas da bancarrota — nunca consegui esquivar-me, sempre desprovida delas sandálias despistadoras de Hermes, que desenhava pegadas abstrusas. Prepotente, desdenhei das aves de aviso vero. *Nosso negócio é trabalhar com empresas que faturam 55 milhões por ano* — diz executivo para outro aqui na calçada da principal avenida da cidade. Placa desse pequeno restaurante informa que gastronomia deles é orgânica e funcional. Tentativa pueril de dar tiro de misericórdia nele consagrado rotineiro bife a cavalo. Sei que continuo flanando imaginosa solipsista, tentando inútil encontrar pelo caminho a Roda-de-Jericó, flor da ressurreição, nascida nos desertos do Oriente — enrola-se sobre si mesma e, levada pelo vento, volta a florescer quando umedecida. Ilusão. Tempo passou depressa, doença fatal chegou trazendo desterro in totum. Casal jovem se abraçando ali na frente me faz lembrar que nunca tive estrutura nenhuma para suster romance de qualquer similitude. Fui percebendo com os anos que não bastava amar, era preciso também não ser desajeitosa para o idílio. Poeta nenhum nunca disse que o mundo começava nos meus seios. Sei que vida toda driblei probabilidades. Chamo outra vez à memória amigo escritor extinto quando criou miniconto mostrando viúva saindo do cemitério debatendo consigo mesma uma questão: para evitar a mais remota possibilidade de retorno, deveria ter cremado marido canalha. Disse-me uma vez que os restos mortais de Luís de Camões foram secretamente sepultados no Cemitério dos Prazeres, sob o heterônimo de Fernando Pessoa.

INCENTIVE A DOAÇÃO DE ÓRGÃOS — diz adesivo no vidro traseiro daquele carro. Perdi tudo, inclusive a integridade orgânica. Desvaliosa, não valho dois caracóis. Não há nada em mim que possa trazer proveito; poderia dedicar talvez se fosse possível essa perseverante disposição para o fiasco a futuros estudos no campo da fracassologia. Perder amiúde vida toda é questão intricada complexa merece escarafunchamentos científicos. Senhora aqui perto do ponto de ônibus diz para alguém ao lado dela que está muito triste: filho não conseguiu indulto natalino; rosto macilento pressupõe perdas maiores que a minha. Rapaz fala alto ao celular entrando em particularidades profissionais desinteressantes incômodas às pessoas que o circundam. Mais um pateta que tem o hábito inconveniente de socializar o diálogo. Vejo ônibus-leito passando: vontade súbita de sair sem destino acompanhando pela janela cada quilômetro sendo sucedido por outro; apenas ganhar caminho já que perdi tudo; distanciar-me sabe-se lá de quê; vencer distância; simular propósitos; fingir adventos; ir para desconcertar os planos de volta; não entrar duas vezes na mesma paisagem; conservar-me afastada deste-daquele quarto fúnebre; viagem utópica; viajar para correr perigo nas curvas acentuadas; arriscar-me; trapacear a monotonia com possíveis cochilos do motorista; viajar para frustrar a lassitude, para contar com a possibilidade de pássaro gigantesco facilitar trabalho delas Parcas, estatelando-se no para-brisa, levando motorista ao descontrole fatal; viajar para não ficar combalida pelas enfermidades à espera da morte. Morrer com altiveza. Agora aqui, nesta atmosfera asfixiadora, vivendo horas agônicas neste banimento irrevogável, nesta exclusão absoluta, depreciando a existência, vítima da degradação de quase todos eles meus órgãos, refém desses vírus beligerantes e de sua panóplia de malvadez, de sua obstinação satânica e indomável — tanto mais nefastos se tornam quanto mais incontáveis aparecem; ofensiva demoníaca generalizada; não há quem consiga apaziguar tanta ira; neste quarto fúnebre onde já não me pertenço; onde exploro meus próprios abismos; onde é impossível aprender a assumir tanto abandono; onde não há cicuta para eu me matar com altiveza socrática. Sensação de estar ouvindo a todo instante o reboar dos passos da Morte, que exala amiúde odor cadavérico insuportável. Sim, chegando para abreviar de vez meu desencanto. Medo atingindo seu paroxismo: minha natureza não se assemelha àquela de Jó, que suportou violentos assaltos do Diabo com ânimo imperturbável propósito irremovível. Tempo todo trilhei solo tórrido, inóspito, inculto, improdutivo. Vida inteira atirando o próprio navio contra os escolhos. Impossível consignar ao esquecimento dia aquele em que minha mãe disse premonitória: *Tranque sempre a porta por dentro, querida, seu pai pode querer entrar de madrugada* — eu tinha doze anos se tanto. Sempre soube também que a vida não é um mar de leite com enormes queijos-ilhas. Amigo escritor extinto uma vez me disse que vida inteira havia catalogado arrependimentos; que a pior coisa que pode nos acontecer é uma sucessão irremediável de vergonhas de nós mesmos. Sei que longe dele fiquei fora da jurisdição do companheirismo. Nossa admiração mutua prescindia de manifestações ditirâmbicas. As Moiras deveriam nos indenizar assim que levam nosso melhor amigo. Sei que entre nós não vigorava o ato uníloquo, que exprime a vontade de uma só pessoa. Amigo escritor extinto também tinha aquela ânsia de tornar as perguntas mais essenciais que as respostas. Dizia que não dá para escrever de fraque, mas também não tem cabimento escrever de pijama. Naquele momento em que minha mãe me pediu pela primeira vez que fechasse a porta por dentro amor filial se perdeu se esvaiu para sempre dele meu coração. Agora aqui, incompleta, desamparada, neste tedioso ocaso, transformando solidão num receptáculo de reminiscências; neste lugar em que são desnecessárias quaisquer observações sobre a sabedoria da vida; onde o desalento se instaura em toda a sua integralidade; onde componho meu laudatio funebris, vivendo horas cheias de espreitas e medos. É sempre cansativo, enfadonho, rastrear as próprias perdas. Sei que fui aos poucos vivendo em completa disponibilidade para as deusas desconexas da derrocada in totum. Agora aqui, neste quarto, vítima desses vírus malditos, arrogantes, que usam de todos os expedientes inspirados na malvadeza diabólica para afiar o gume da desesperança; onde não há possibilidade de erguer muralha capaz de impedir o fluxo de suas maldades. Degradante e abjeto e constrangedor sentir sexo dele se avolumando dentro de sua calça quando me chamava para sentar em seu colo exigindo que eu mostrasse meus cadernos escolares. Difícil decidir entre voz imperativa categórica dele e olhar reticente simulado dela minha mãe, impossibilitada de rechaçar os ditames as investidas o laconismo soberbo irrespirável do patriarcado vigente. Quisera agora ser apenas mônada, sem consciência nem memória. Sei que ele meu pai às vezes habita indesejado nas minhas reminiscências. Agora aqui, neste quarto tenebroso; deixando à míngua minhas próprias esperanças; onde a inutilidade da espera messiânica é absoluta; substanciando o declínio, sabendo que ninguém nunca vai saber desemaranhar in totum os obscuros estoques idiossincráticos guardados no subsolo de nossa alma; neste lugar no qual descubro que, além de minha doença, meu ceticismo também é incurável. As quedas? Foram muitas — nenhuma por ter ousado voar alto demais à semelhança de Ícaro. Nunca desprezei o perigo, jamais deixei de esperar, ao atravessar o rio, que a água parasse de correr. Questões idílicas? Entreguei-as ao acaso, não nego. Nunca entendi o amor e seus intricados e imprevisíveis desdobramentos. Nunca indulgente com eles meus poucos parceiros, sempre intolerante; nunca concedi privilégios; jamais tive grandeza de ânimo para tanto. Vida toda dificultosa para cativar afetos. Os escaninhos da arte do triunfo venturoso amoroso sempre estiveram distantes de minha compreensão, inacessíveis ao meu entendimento. Tempo todo embaraçosa para empreender planos e manobras. Sempre procurei inútil o prazer da quentura moderada. Dispersa, volúvel, nunca preservei afetos. Sempre consciente de minha absoluta incapacidade de me predispor aos caprichos de Afrodite. Resistente ao estremecimento. Não foi por obra do acaso que o amor sempre flertou comigo escarnecendo de mim. Consegui nem ser libertina espiritual à semelhança da rainha Margarida de Navarra. Agora aqui, morte iminente; desnecessário qualquer domínio mântico para saber que ela, entidade incisiva, sem rodeios, que dispensa aspas, itálicos, trocadilhos, triques-troques, está a caminho; vivo horas fuliginosas neste quarto fúnebre, impossibilitada de me desvencilhar de minha própria desesperança. O imponderável encerra contradição, mas abranda aos poucos a inquietude. Não, não fui ao velório não fui ao enterro dele meu pai. Tivesse agora fiapo sequer de voz poderia cantarolar para mim mesma: *Fui passar na ponte, a ponte estremeceu... Água tem veneno, maninha! Quem bebeu morreu.*

Antígona? Irmã de Polinices e Etéocles, mortos pelas mãos um do outro. O destino fez o primeiro atacar a sétima porta de Tebas quando o irmão já havia proclamado que seria o sétimo defensor. Nada-ninguém consegue demover Etéocles de seu propósito de combater contra Polinices. Abandonando o porto, o marujo não salva o navio. Ignorou o fato de que fratricídio é poluência inexpurgável. Resultado: mútua matança de mãos irmãs. Antígona? Sabia que os mortos não são inimigos de ninguém.

Eu? Entregue aos próprios recursos, esgadanhada neste espaço-abrigo do desamparo, onde é possível infiltrar-se nos mais secretos recônditos do desalento; enfraquecida, sem seiva, procurando acompanhar as surpreendências mnemônicas como a sombra acompanha o corpo; neste quarto cujos vapores de morte se espalham por todos os cantos — pensando nela Lucilia Tenebrans, a mosca tenebrosa de que nos falou aquele magnífico memorialista mineiro; onde desalento se exerce em seu mais alto grau. Percebo mãos trêmulas do casal envelhecido ali sentado na confeitaria — mal conseguem segurar fatia do bolo. Envelhecer a dois é se apoiar em perdas mútuas, irmanar-se na debacle. Agora aqui, neste quarto de eterna noturnalidade, lugar em que palavras não seduzem e signos perdem sua magia; onde não há a menor possibilidade de tirar proveito do milagroso influxo do cálice do Graal; onde vivifico, via lembrança, torrente desmesurada de perdas. Sei que ela Morte chegará daqui a pouco ignorando tudo inclusive meus exageros melodramáticos. Jeito é deixar imaginação se mover supostamente ao acaso. Vivia no bordel — eu nunca soube. Explorava as prostitutas? Uma vez, menina ainda, nove anos se tanto, ouvi minha mãe dizendo para nossa vizinha: *Lá, claro, vive o dia todo na rua delas, vergonha. Deus permita que meu pai seja tudo, menos rufião. Cruz-credo.* Sistemático, soturno, reduzido ao silêncio, parco em carinho. Quando, cheia de curiosidade infantil, perguntava que pacote era aquele que tinha em seu poder, respondia lacônico: *Isso? Chouriço.* Avô enigmático. Assunto vida toda relegado ao index expurgatorius — sempre lançavam interdição sobre perguntas suspeitosas. Dizem que foi envenenado por uma meretriz. Não há árvore mais ensombrecida do que essa, a genealógica. Agora aqui, neste espaço-intemporalidade, dias acrônicos; lugar em que tudo inclusive as horas são também febris, decadentes, à semelhança dele meu corpo; onde é possível pressentir a todo instante a morte, ouvi-la aguçar o fio de sua foice — soberana, implacável, dispensa aquilo cujo nome é Juristerei, o aparato jurídico; seu objetivo é excessivamente enfático. Vez em quando fico serena, estou serena, febre em excesso arrefece o medo. Seja como for, sei que ela Morte não iria se comover com minhas precipitadas desesperações. Desdenha a emoção. Sei que a espero cheia de dignidade, apenas dignidade; sem triunfos à semelhança dela Antígona. Entro neste labirinto escuro da memória; chamo mais uma vez amigo escritor extinto quando dizia que amizade ajuda a organizar a dor. Nosso relacionamento era abrigo privilegiado contra as investidas sorrateiras da apatia; entretecido por fios de tecido raro cujo nome é diálogo. Ao lado dele, momentos polifônicos; agora, silêncio. Disse que para Antonio Vieira a prova da verdadeira fé e da firmeza do verdadeiro amor não é seguir o Sol quando ele se deixa ver claro e formoso com toda a pompa de seus raios, senão quando se nega aos olhos, escondido e encoberto de nuvens. Depois da morte dele amigo escritor tudo se tornou de repente imitatio veritatis — imitação da verdade. Era bom contador de histórias. Disse que habitantes de uma cidade conheceram general que os libertou da pressão de inimigos estrangeiros. Não sabiam de jeito nenhum como recompensar esse herói. Finalmente alguém sugeriu que o matassem para adorá-lo como santo padroeiro da cidade. São muitas as emoções humanas, entre elas a ingratidão. Venha, luminosa Antígona, seja minha carpideira: também estou sendo enterrada viva. Ouço diálogo de dois executivos na porta dessa instituição financeira. Um deles diz peremptório que o foco é mais importante que a liberdade; que os líderes precisam ajudar os gatekeepers a avaliar subjetivamente e a filtrar melhor as ideias novas; que há muitos outros fatores agregados; que é preciso levar para as empresas um desconforto positivo. Penso: injustiça chamar aquele filósofo pré-socrático, segundo o qual não se entra duas vezes no mesmo rio, de Obscuro. Calafrios da febre me trazem entre aspas de volta para este quarto fúnebre — inútil saber o que é, ou não, miragem; se estou sendo ludibriada pelas alucinações; o que é, ou não, destituído de verdade, enganoso, delírio febricitante. Perdi a serenida-

de. Agora vítima possivelmente do mesmo desespero dele Abraão subindo a montanha para
preparar o sacrifício. Pássaros coloridos sobre-
voam o teto deste quarto... Sumiram num átimo.
Sei que deusas ruinosas da derrocada in totum
deixaram-me incompleta, desamparada. Agora
neste espaço em que é impossível esquivar-se
do desalento; onde não há espaço para alegoria,
sentido figurado — morte aqui é interrupção
definitiva dela nossa vida. Memória descompas-
sada, lembranças chegam à solta, em desalinho,
acho que foi meu avô, ou avô dele amigo escritor
extinto. Genro impossibilitado de atender telefone na sala de casa pede ao sogro, lassidão em
figura de gente, indolência daquelas, que atenda.
Velhote sem préstimo, alheado, olha para lugar
nenhum, livra-se da pequena incumbência lançando mão do seguinte argumento: *Vou atender
não, é engano.* Exagero nenhum imaginar genro pensando ato contínuo nele Heitor sendo
trespassado pela lança de Aquiles. Amigo escritor extinto me disse (em nosso último encontro)
que a forma mais inquietante das máximas de
La Rochefoucauld não é esta, que produz a re-

velação do vício sob a aparência da virtude, mas a que demonstra ser difícil impedir a comunicação das substâncias de ambos, quando se pensa sobre eles em meio às circunstâncias impuras da existência. Agora aqui, deixando esperança me escorraçar amiúde; neste quarto fúnebre com espaço de sobra para elegias desesperadas; onde a desesperança se consolida, se perpetua; onde a desclaridade antecede o luto; lugar propício à reciclagem do medo; onde a vida é simulacro da vida; onde todas as possibilidades já chegaram esfaceladas. Às vezes acordo espavorida imaginando ter ouvido gargalhadas de alguém possivelmente sentado ao pé da cama. Jeito talvez de a morte — que sempre chega abrupta, sequiosa de destruição, dispensando artifícios retóricos, disfarces enigmáticos — zombar de moribundos que ainda se conservam fiéis à vida. Orfeu diabólico tentando enfeitiçar quem o escuta. Sei que não há possibilidade alguma de a marionete rebelar-se, insurgir-se contra o marionetista. Maltrapilho fedentinoso agora ali diante da igreja possivelmente se mostre hesitante, possivelmente saiba que suas preces não terão retornança. Agora aqui, alvo dos escárnios da derrocada in totum; diante desses fragmentos de espelho quebrado cujo nome é passado; requeimada pela febre, combalida pelas enfermidades, rememorando entre um delírio e outro meus malogrados passos em quase cinco décadas de existência — eu e meus murmúrios marítimos inúteis chamando meus náufragos de volta. Também impossibilitada de vencer o infortúnio, de reconciliar-me com a esperança neste lugar em que não há espaço para profecias embusteiras, arrebiques, simulações, menos ainda para pressupostos. As Parcas já acenderam o explosivo — rastilho é curto. Ouço-vejo saxofonista tocando aqui na esquina; sax-eu ambos melancólicos; som-sombrio dele saxofone (pode parecer arrazoado sofístico) deita bálsamo nelas minhas evocações tormentosas; tocador obviamente não tira sons à semelhança dele John Coltrane, mas desperta minha emotividade. Agora aqui, desvanecendo-me, desguarnecida de afeto, neste quarto sombrio forjador de desamparo desolação desesperança; onde o tédio tem oportunidade de se manifestar absoluto; onde enfrento a inclemência deles vírus malditos movidos por algum desígnio secreto, vírus cujas maldades são fluentemente coordenadas, crescem e consolidam-se a cada instante. Sei que seguem, altivos, curso normal da maledicência in totum. Estivesse aqui, amigo escritor extinto diria, espirituoso, que eles são absolutistas, anacrônicos, maníacos. Sei que é insuportável a destreza deles no ofício de destruir. Sei que, desvanecida, espreito aquela que fechará o perímetro desta autoilusão falaciosa cujo nome é vida. Sim, precipitando-me nos braços da morte. Coerente seria dar cabriola, virar do avesso verso dele Whitman e afirmar que nunca houve tanto fim como agora. Vou — inteirada da inutilidade de minha existência: vim, vi, perdi. Vida toda refém delas deusas malfazejas da derrocada in totum e de suas complexas tramas; lutando inútil tempo todo contra a excedência dos acontecimentos bancarroteiros. Perdas? Minha anáfora. Extremosa, nunca adquiri o sentido prático da justa medida. Ao contrário de Montaigne, jamais tive profunda satisfação comigo mesma. Vida toda ventos contrários, tempestades; tempo todo sob o signo da derrocada absoluta. Fui apenas folha — nem flor nem fruto. Cada qual é o artífice da própria infelicidade. Três ou quatro ou cinco meses, não me lembro, tudo turvo nela minha memória, súbito dor cruciante tremura exasperação sangradura abortífera. Não há treinos múltiplos suficientes para suportar perdas de todos os quadrantes — são as inapreensibilidades das bancarrotas. Vou morrer sem nunca ter tido sensação prazerosa de ouvir filho de dois ou três ou quatro anos dizendo *Mãe, sono, vem dormir comigo.* Sei que estou morrendo do mesmo jeito que vivi: absolutamente só, desajeitosa para o idílio, nunca talhada para viver com alguém. É preciso ser indulgente, condescender, conceder privilégios — jamais tive grandeza de ânimo para tanto. Sei que minhas recordações agora se assemelham a mim mesma: pálidas, móbil talvez desta malpropícia elevada inoportuna temperatura corporal. Deixarei possivelmente incompleto meu inventário de dissoluções. Executivos altivos caminhando apressados aqui na avenida me passam nítida impressão de que não vieram ao mundo para flanar, mas para criar caminhos. Agora aqui, neste quarto onde é impossível se proteger da crueldade da morte; deixando-me (ignóbil) empolgar pelo medo — quem nunca teve vida nobre não pode morrer com nobreza; lugar em que desconforto e desconsolo reinam juntos, mas às vezes se revezam reivindicando primazia; onde o tédio é coadjuvante da descrença; onde é por assim dizer sensível a rancidez da esperança. Mas não me atrelo ao desespero, desvencilho-me da desvairança. Sei que essa entidade que nos reduz a nada despreza balbucios, sussurros, súplicas — maldade entretecida no emaranhado do sadismo. Agora aqui, transformando-me num feixe de lamúrias; neste lugar sombrio que desconhece o poder luminante do dia — oblíqua luz da madrugada perpetua-se, resiste ao perpassar das horas; onde é impossível suportar tempo todo com serenidade, lucidez, esse profundo desesperado silêncio; diante do constrangimento de esperar a morte entrançada por fios e tubos também entranhados uns nos outros. Difícil enfrentar com destemor o abismo. Os piores dias de minha vida foram todos. Pudesse, armaria Bosch de plenos poderes para criar ilustrações pictóricas dela minha pletora de perdas. Morte se aproxima, sinto seu hálito fétido, mas não adivinho seu rosto. Não vejo. Sinto que eles vírus malditos (exército em combate, impiedoso, sem trégua) continuam rasgando minhas entranhas. Vírus cumpridores das ordens desordenadas de Satã, com todo o seu furor natural. Agora entendo por que dizem que todo fenômeno terrestre é passível de degradação. Sei que ela morte está chegando com sua possível opacidade maléfica. Deve ser bom acreditar em Deus. Não saio da vida à semelhança daquele magistral poeta pernambucano quando saiu de seu poema: como quem lava as mãos. Senhor aqui atrás na calçada diz que filho dele sai enfim esta semana da clínica de recuperação. Somos todos de um jeito ou de outro dependentes. Vida toda pretendi em vão ser bafejada pela sorte. Agora aqui, caniço não pensante, consumida, corroída, neste quarto fúnebre onde luto a todo instante com desvantagem contra o sentimento de compaixão por mim mesma; onde não há espaço para milagres, prodígios sagrados. Morte reina soberana sem jugo nem amo — vem para se desfazer dele meu alforje atafulhado de perdas. Atafulhado... Curioso reter no pensamento dia aquele em que amigo escritor extinto contou que Petrarca gostaria de possuir colete de pele em que pudesse prender com os dedos as palavras nascidas inesperadamente nos sonhos. Aljôfar... Uma vez explicou-me um dos significados da palavra aljôfar: gota d'água com aspecto de pérola. Éramos preceptores mútuos no desvendamento dos vocábulos sonoros, replenados de encanto. Ao lado dele vida existia em sua plenitude. Escritor encantador: lendo seus textos, sempre tive a nítida sensação de que ele traduzia os próprios versos em prosa. Era também avesso às tagarelices triviais. Sua amizade? Invólucro que resguardava o espírito, punha os átomos em movimento. Acho que foi quando ele morreu que comecei a fingir que estava viva. Uma vez me disse, galanteador, que a meu lado se sentia Ciro conquistando Babilônia. Meu amigo meu Arquêmoro — aquele que morre primeiro. Jesuíta português preferido dele tinha razão: nossa vida? Vento. Também conhecíamos a fraqueza das coisas humanas. Amigo escritor extinto tinha o dom da forma do engenho da eloquência — persuasivo nas palavras. Catão diria: *Homem bom, perito na arte de dizer*. Uma vez me contou que traduzindo Paladas descobriu que esse poeta epigramático de Alexandria foi contemporâneo da filósofa Hipácia, da escola neoplatônica, cuja morte foi fruto da intolerância religiosa. Monges levaram sua fúria ortodoxa ao ponto de arrancar, com cascas de ostras usadas à maneira de navalha, a carne viva dos ossos dessa pagã de destaque. Ainda me contou várias histórias sobre a origem do epigrama, além de citar esta inesquecível definição de Coleridge: *Um todo anão cuja alma é agudeza e cujo corpo é concisão*. Agora aqui, despedindo-me titubeante da vida, neste quarto sombrio onde se prescinde de oráculos — qualquer resposta sucumbiria às armas da obviedade; onde prepondera a desesperança; onde é impossível driblar a todo instante a melancolia e seus apetrechos desconsoladores. Esmaecendo-me, exaurida abatida in totum, caindo por terra, negligenciada pela esperança neste espaço onde já é tarde demais para prevenir desígnios sombrios; lugar em que vivo horas inexplicáveis de difícil decifração à semelhança daquele sabre do califa Vathek: seus caracteres a cada dia cediam lugar a outros com significados diferentes. É obsceno esperar a morte prostrada numa cama. Silhueta ali no teto parece a dele, nariz adunco, tanto tempo se passou, não sei, talvez seja, morreu há quase vinte anos, sim, meu pai. Vírus malditos estão me levando tudo, inclusive a voz: consignei-a ao esquecimento — inclinação para a rouquice talvez. Sei que eles agentes infecciosos seguem seu curso preciso, cruel, fatalista. No ápice do desamparo fica difícil estabilizar a alma. Ao ver pai entrando agora ali no prédio empurrando filho adolescente paraplégico em cadeira de rodas penso que não há compasso ou sistema métrico decimal ou abalizador ou escala para mensurar perdas; cada um sustenta suas viravoltas de acordo com ela própria predominância, mas perder metade do filho talvez seja a maior de todas as perdas. Agora aqui, no fundo da gruta do ciclope — sem a astúcia de Ulisses; deixando saudade e solidão e melancolia se entredevorar à semelhança do canibalismo dos Bassares; toupeira capenga impossibilitada de abrir caminho debaixo da terra para receber a luz do dia; alma carente de impulsão motriz; diante da vitória do vazio; da desestabilidade provocada pelo irreversível, do desmoronamento fatal; reduzida a cacos, fragmentos de mim mesma, tentando inútil ancorar-me nos próprios monólogos interiores; cortada em pedaços feito aquela lendária serpente cujos fragmentos buscam uns aos outros. Vida toda vivi à semelhança de gato incauto que engole toda a linha que ele mesmo desenrola. Agora aqui, nesta gruta sombria, lugar em que descubro em definitivo que vaidade, vanitas, significa vazio, nada; entrincheirada num mundo de reminiscências; numa submissão absoluta ao desencantamento, corpo frágil sustentado pela nostalgia; sabendo que eles vírus malditos não pretendem me incluir nos próximos amanheceres. Morte chegando; tento inútil livrar-me dos resmungos autocomiserativos: ela tem a inevitabilidade da espada de Aquiles, do ciúme de Otelo, da vingança de Medeia. Sei que é difícil encontrar serenidade na dor. Corpo todo perdendo quase toda a sua dignidade. Tédio e pessimismo contornando-me de mãos dadas numa invisível ciranda do desânimo. Memória chega arrastando-se, escorregadia, desnorteada, fazendo-se em fatias. Amigo escritor extinto? Gostava de lhe pedir que me contasse apenas as coisas desprezíveis que havia feito. As louváveis me entediavam. Agora aqui, neste cômodo impregnado de sombras, ancoradouro de lamúrias; entregando-me ao jogo mórbido das Moiras; afagando, insólita, a própria desolação; deixando Amargura e Desconsolo, ardilosos, disputar-me numa arenga tediosa. Emissário dela Morte possivelmente esquadrinha meu interior inteiro para impedir que algum pedaço de vida se esconda numa entranha qualquer na hora de sua chegada. Adiantaria nada me autoproclamar Argos: esperança continuaria fora dele meu campo de visão. Amigo escritor extinto estivesse aqui ficaria triste vendo-me prostrada neste patíbulo, mesmo assim me ajudaria a embrandecer o medo da morte. Lembrança dele se perpetua na sombra insistente que aparece-desaparece ali na parede nos momentos rememorativos. Curioso chamar à memória dia aquele em que me contou que padre Antonio Vieira quase nonagenário escreve carta a amigo dizendo ter a sensação de estar começando realmente a viver, porque vivia com privilégios de morto. Sei que são exaustivos os momentos que antecedem a morte. Pelas dores vivas, cruciantes, agudas, pressinto que meus fiascos, minhas horas lamurientas, estão chegando a bom termo. Pudesse falar, diria ao médico que acaba de abrir a porta, moço ainda, olhar inexperiente, que quero ser cremada ao som de Billie Holiday.

Este livro foi composto na tipologia Minion Pro
Regular, em corpo 13/18, e impresso em
papel off-white 90g/m² no Sistema Cameron da
Divisão Gráfica da Distribuidora Record.